Best Time

白 马 时 光

2000 年国庆节
拍摄于天安门广场

受伤前的陶勇

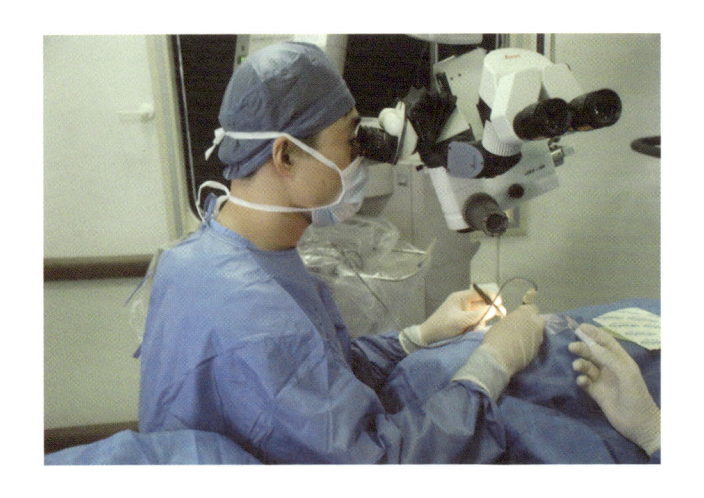

陶勇在江西乐安"健康快车"上做手术

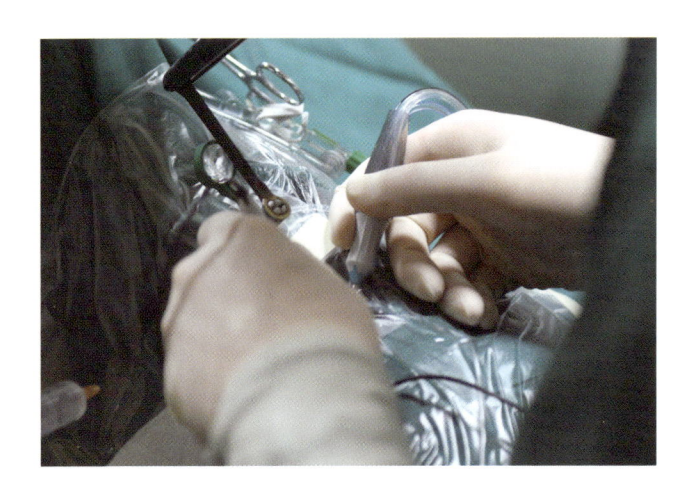

陶勇曾经灵巧的双手

陶勇受伤后,患者送来的鲜花摆满了 ICU 的门口

2008 年
陶勇摄于德国曼海姆的喷泉广场

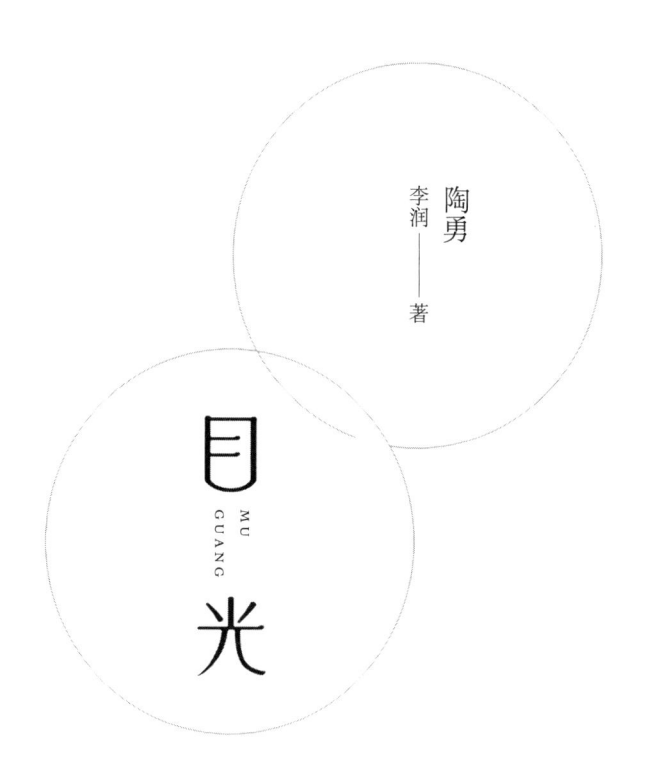

陶勇
李润 —— 著

目
MU
GUANG
光

百花洲文艺出版社

图书在版编目（CIP）数据

目光 / 陶勇，李润著. — 南昌：百花洲文艺出版社，2020.10（2021.1 重印）
ISBN 978-7-5500-3821-9

Ⅰ.①目… Ⅱ.①陶…②李… Ⅲ.①随笔－作品集－中国－当代 Ⅳ.① I267.1

中国版本图书馆 CIP 数据核字（2020）第 169478 号

目光
MU GUANG

陶勇 李润 著

出 版 人	章华荣
出 品 人	李国靖
特约监制	王 瑜
责任编辑	章华荣　叶 姗
特约策划	李国靖
特约编辑	大 俊
封面设计	80●圈·小贾
版式设计	陈 飞
出版发行	百花洲文艺出版社
社　　址	南昌市红谷滩世贸路 898 号博能中心Ⅰ期 A 座 20 楼
邮　　编	330038
经　　销	全国新华书店
印　　刷	河北鹏润印刷有限公司
开　　本	880mm×1230mm　　1/32
印　　张	8.75
字　　数	146 千字
版　　次	2020 年 10 月第 1 版
印　　次	2021 年 1 月第 3 次印刷
书　　号	ISBN 978-7-5500-3821-9
定　　价	49.80 元

赣版权登字：05-2020-137
版权所有，侵权必究
发行电话　0791-86895108　　　　　网　址　http://www.bhzwy.com
图书若有印装错误，影响阅读，可向承印厂联系调换。

序一

周国平
苦难是美德的机会

一场飞来横祸，使陶勇成为了新闻人物。病人向医生行凶，这样的事件屡屡发生，但是，所有了解陶勇的人一致认为，它最不该落在陶勇头上。获评"首都十大杰出青年医生"，陶勇实至名归。他仿佛是为从医而生的，无比热爱医学事业，对医术精益求精，对病患诚心诚意，许多他救治过的病人及家属都成了他的亲密朋友。因此，事件发生之后，舆论哗然，他自己也惊愕不解。

对于陶勇来说，这个事件是不折不扣的飞来横祸。在他治疗过的无数眼疾患者之中，有那么一个人，生活困苦，性格孤僻，心理扭曲，与自己的所有亲人早已断绝来往，是一种严重的病态人格。此人眼睛患有持久性无法根治的病，在漫长的求医之路上，陶勇是最后一站。而陶勇也尽最大努力保住了他的部分视力。但哪里想得到，此人决定轻生，要找一个陪葬者，而选中的，正是最后接触的那个医生。

陶勇与死亡擦肩而过，伤势极为严重，经受了身体的巨大痛苦。我特别留意的是他的心理反应——按常理推测，精诚行医却遭此横祸，难免会怀疑初心，动摇信念。在本书中，事件本身却只是一个引子，主体部分是对从医心路历程的回顾、盲人世界给他的感动、事件发生后广阔而深入的思考。我看到的，是人们认为最不该他遭受此横祸的理由，也正是他能够坚强承受此苦难的原因。古罗马一位哲人说："苦难是美德的机会。"在苦难之下，一个人原本就具有的美德闪放出了夺目的光芒。医学是陶勇的信仰，这信仰源自爱：一是对科学和专业的爱，二是对众生和病人的爱。因为这两种爱，医学成了他挚爱的事业。在经受伤痛折磨的日子里，占据他心灵的是这两种爱，一心惦记着科研计划和公益计划的完成。这两种爱支撑他渡过了人生的难关，包括心理上的难关，使他不再为无辜遭此厄运而纠结，而是如他所说，把厄运当作一块客观存在的碰伤他的石头，搬开它继续前行。

　　一个有真信仰、真爱、真事业的人，是世间任何力量都打不败的。

　　陶勇能够坦然面对厄运，还有一个因素不能不提，就是他对哲学的喜爱。医学与哲学本来就有不解之缘——医生面对的不是单个的疾病，作为科学家，他要懂得完整的人体；作为实践者，他要懂得完整的人性——而这两方面都关乎哲学。一个医生倘若具有哲学素养，行医就会给他观察人性和思考人生提供大量机会与素材。人不论贫富贵贱都会生病，这是人最脆弱的时候，医生往往能够窥见人性最隐秘也最真实的方面。陶勇正是这样，他自己说，他感觉自己像一个记者，透过疾病去了解一个人，透过一个人去观察一个群体和社会。同时，如他所言，医生因为见惯了生死，会更加看淡人生中表象的东西，更加从本质上去思考人生。

一个人平时就养成了哲学思考习惯，一旦日常生活被突然的灾难打断，这个习惯就会发挥积极的作用，于是陶勇获得了他"有生之年都没有过的一段修心时光"。他把所遭遇的灾难作为一个契机，深入思考了诸多哲学问题，包括人性的善恶、人生危机、孤独、幸福、生死，等等。他读过许多哲学书，但是，他的认识不是来自书本，而是他实实在在自己体悟到的。他的体悟中贯穿了一种平和的心态、一种平常心，不唱高调，不走极端，这是我非常欣赏的。行凶事件发生后，媒体的关注点聚焦于医患矛盾，他对此也有冷静的思考，提出了十分合理的建议。不过，在本书中，这方面的内容仅占很小的篇幅，他没有受外界的影响，把自己生命中的一个重要经历缩小为单一的社会话题，这也是我非常欣赏的。

本书的文字干净而流畅，很好读。从陶勇的后记中知道，本书的联名作者李润，是陶勇近二十年的挚友。从李润的后记中则看到，这位挚友性情淘气，却很会欣赏性格迥异的陶勇。这样的一种合作，想必是十分愉快的。我与两位作者素昧平生，可是，当我得知作者希望我写序时，我还没有看到书稿一个字就答应了，而在看完书稿之后，我想说，给这本书写序，于我是一件十分愉快的事。

序二

倪萍
谢谢你,让我看到生活中的光

拿到陶勇医生《目光》的文稿时，已是初秋。

满纸的温柔与冷峻。便是一位心有大爱的白衣天使与厄运交战的无奈，也以一字一句当甘霖雨露在苦难和绝望的沙漠里开出花来。

读《目光》里的故事，我快不起来，也停不下来。它的每一个讲述里，都有平凡世界里的普通人拨开伤口、拆着肋骨搭建的温情世界。

因为医疗行业与生死相关，所以从来都不能将其作为一个寻常行业来看——不能简单地说职业，也不能简单地谈论"责任"。类似的行业，还有教育。尤其在中国这样一个素来有讲道德传统的国家。

陶勇的经历原本符合人们对"天之骄子"的一切想象：他28岁从北京大学医学部以医学博士的身份毕业；35岁成

了主任医师；37岁就担任博士生导师。他发表的SCI论文有79篇，发表在中文核心期刊上的论文有26篇，还主持着多项国内外科研基金。在眼科领域，他是同龄人中绝对的佼佼者。

而这个奉医学为终身信仰的人，用医术和仁爱，给那么多眼前混沌的人一片光明和清澄，却最终无法扫除人心的戾气和恶意。

陶勇被砍伤，往后余生与手术台再也无缘。

没人会理解那种痛楚。

一个一心向医的顶尖医生被砍，被砍断的，不仅仅是作为医生可以进行精密手术操作的手，更是这背后一个个带着希望在等待的家庭。由于凶手造成恶劣的社会影响，无数家庭失去治疗的希望。我希望凶手被从重处罚，但我更怕的是陶勇从此一蹶不振，原本怀着一腔热血踏上行医路，最终却倒在自己的信仰之下。

陶勇自己却将此遭遇视作生死边界的一次考验，他把这件事当作自己的一段独特经历，这段经历让他从医生变成患者，真正体会了一下在死亡边缘的感受。这使他对患者的心态更加理解，对医患之间的关系更加明确，对从医的使命更加坚定。

更让人钦佩和欣慰的是，陶勇在《目光》一书中透露，他并不希望自己受伤这件事被太多人关注。因为在他的眼里，每天都有那么多人在生死边缘挣扎，相比起来，他和他们并无二致。而这件事真正的意义在于，它能为这些关注的目光呈现什么样的价值。

人性复杂，善恶总在一念之间，陶勇所呈现出的通达与大智慧，绚烂夺目。

我想，对于陶勇来说，《目光》的出版，不仅仅是为了所有关心和鼓励他的人，也是为自己——人生无常，不可挽回的事太多，古往今来，天灾人祸，留下过多少伤疤，如果一一记住它们的疼痛，人类早就失去了生存的兴趣和勇气。

每个人一辈子需要克服的太多，有时是外界，有时是自己。

有些人十几岁的年纪就早已暮气沉沉，陶医生年已40岁却仍有一身少年气。他对世界永葆少年的激情和热血，在自己的精神世界里自由驰骋。他的眼里有光，是因为他心中有最初的善良和正直,照亮那些有信仰的人。

  我永远为这样的人热泪盈眶。
  谢谢你,谢谢每一位为了让世界变得更好而努力的人。同时也希望法律尽快跟上医学的脚步,在各自的领域守护好要守护的人。
  也愿我们,都能为自己所热爱的一切,穷极一生。

推荐

白岩松

陶勇医生的故事,不该是一个人的战斗

/ 目光 /

　　1月20日晚上，钟南山院士对全民发出预警：确定新冠病毒人传人。由此正式拉开了中国抗疫之战的大幕！

　　而当天下午，北京朝阳医院陶勇医生遭遇暴力伤医事件，其实也是对全民发出的预警：暴力伤医是犯罪，而不能被戴上医患关系的帽子，否则，我们都是受害者！

　　钟南山是勇士，直面真相；陶勇医生也是勇士，直面伤害，而又能不被伤害击倒，重新出诊。陶勇医生的故事，不该是一个人的战斗，我们该用抗疫的态度来面对暴力伤医。

　　如果说暴力伤医是这个社会的病毒，我们正确的态度就是最有效的疫苗！

目 录
Contents

001　**01　缘起：至暗时刻**

既然决定活下去了，那就要迎接更激烈更残酷的战斗，这个准备我是有的。

029　**02　善恶的相对论**

现实或许总是不像我们想象的那么理想，但也不像我们想的那么低劣，现实就是现实。

041　**03　一个医生的生死观**

恐惧应该是活着的警示，而不是枷锁。

055　**04　热爱，自有万钧之力**

这里充满着病痛、难过和焦虑，但这里也同样生长着爱和希望。

065　**05　所谓少年气**

世界如此美好，值得我走这一遭。

目录 Contents

073 **06 苍生大医**

我走的路没有那么容易，我要打的仗不是一场攻坚战，而是面对内心那点点滴滴的退缩和怀疑。

099 **07 1%的世界有多大**

学这么多年医，不救人，那还有什么意义。

115 **08 暗黑王国的小小人**

希望是唯一价廉而有效的可以对抗人间疾苦的方法，它是俘虏的自由，病人的健康，乞丐的财富，极寒中的暖阳。我坚持医学，不仅源于热爱，更是想给更多盲人希望，让那些对我心怀期待的人看到——还有人在为他们而努力。

125 **09 那些不为人知的力量**

坚强，不是经受一次打击后站起来，而是经受无数次打击后，还能站起来，仍然微笑着告诉生活，放马过来吧。

135 **10 上善若水**

相信他人的善与世间的善，同时保持自己的善。

143　**11 世界是怎么来的**

"你长大想做什么啊？"
"当科学家。"
"为什么？"
"我喜欢，想知道世界是怎么来的。"

153　**12 认知与接纳**

接纳自己，不仅仅是接纳自己的天使，
还应包括魔鬼。

161　**13 沉默如雷**

孤独的价值是不能忍受孤独的人难以体会的。

171　**14 月亮与贝壳**

掌握它，它就是武器；被它掌握，人就是奴隶。

181　**15 北京，北京**

我无比想念小胡同里的豆浆油条，三环上的
300路大公交，闹腾的学生宿舍，还有中关
村沸腾的车水马龙。

193 **16 四十不惑**

别迷茫了,汤要凉了。

203 **17 从春游到溺水**

幸福的反义词是什么,是不幸吗?
我觉得是麻木。

213 **18 念念不忘,必有回响**

至少你还有呼吸,有心跳,有意识,你可以选择去爱这个世界,爱自己的身体,爱周边的人。

221 **19 未来可期**

所有的技术和制度都只是手段,我们首先需要做到的,是从内心深处践行"以人为本"。

231 **后记 1 天下无疾,医护卸甲**

237 **后记 2 那个叫陶勇的人**

医学是信仰
向光而行

陶勇

01
缘起：至暗时刻

既然决定活下去了，
那就要迎接更激烈更残酷的战斗，
这个准备我是有的。

/ 目光 /

2020年1月20日,临近春节,医院里依然人满为患,俨然没有任何节日来临前的气氛,病痛不会因为任何节假日而放缓它的脚步。

早上临出门时,妻子叮嘱我,母亲今晚准备了我最爱吃的香菇米线,让我早点回家;同时,车子的电瓶出故障也有一阵子了,需要早点修,以备春节期间使用。我答应了。事实上,我也不确定自己是否能兑现这个承诺。好像家是我唯一可以撒谎的地方,在医院,我是一丝言语上的误差都不敢有的,因为对每个病人来说,医生的任何一句话都有可能让他产生无限猜想。

今天是我出门诊的日子,坐到就诊台后,我查了一下今天的门诊量,比昨天还多十几个,护士跑过来和我说,还有几个病人请求加号。我笑了一下,香菇米线看来是吃不成了,能多让几个病人踏实地过年也不枉母亲的一番苦心。

整个上午看诊还算顺利,看了有一大半的患者。我心里不禁有些舒畅，想着也许晚上能赶回去吃饭，所以我中午没去食堂吃饭，想下午尽量早点开诊，就简单地泡了一包方便面，吃完后稍微休息了一会儿，大概一点钟便开诊了。

下午的第一位患者，双眼红得像兔子眼睛，一问才知道，是因为玩电脑游戏熬了几天几夜没睡觉。我叮嘱他多休息，给他开了一点消炎药。有心说，这样的病完全没必要大费周章跑到这里来看，任何一个小门诊或者社区医院都可以诊治。但又一想，对于患者来说，他们也无法判定病情严重与否，往往会往最坏的方向去想，他们来了也是求个心安。

第二位是老患者了，结核引起的眼底损害，八年了，病情一直反反复复。患者老家医疗条件不行，便在北京的一家海鲜餐厅工作。一开始我以为他是厨师，后来才知道是电工，包吃包住，一个月三千元。我心下感叹真是不容易啊，便照例把他的挂号费退了。聊起来才知道，为了多赚一点春节期间的加班费，他今年不准备回家过年了，我于心不忍，便把上午患者送来的一袋小米转送给了他。但愿他在北京过的这个年，能顺遂温暖。

第三位是复诊患者，她是一位投资人的母亲，之前因为眼睛发炎找不出原因，心急如焚；后来视力变得越来越模糊，几近伸手不见五指的地步，辗转各地找到我这里。我为她安

/ 目光 /

排了眼内液检测，今天的结果显示病毒抗体滴度显著升高，证实了我之前的判断，眼病的病因终于找到。

第四位是个年轻的女患者，由她母亲陪同，病情比较复杂，双眼在一周的时间内快速失明，同时伴有头疼耳鸣。她们拿着过往厚厚的一沓病历和报告，我挨个儿认真翻了一会儿，想找出其中的关键问题。这时候，我隐约看到有一个人进了诊室，径直走到我的身后。我也没多想，这样的情况在医院太过常见——虽然有导诊护士，但有时病人也会趁其不备跑进来插队问诊。

然而猛然间，我感觉后脑遭到狠狠一记重击，就像被人用棒球棍用力砸了一下，整个脑袋磕到办公桌上，头嗡的一下，一种木木的昏眩感袭来。我下意识抬手护住头，那时我的右手还拿着病人的病历，所以本能地用左手向后脑摸去。

紧接着又是一击，力度更胜之前，我听到旁边的病人大叫一声，这才意识到我被袭击了，便慌忙站起来往外跑。原本我的工位是靠近门的，但为了便于查看影像片子，我特意把座位调到了离灯光箱更近的右侧位置，没想到对逃离造成了阻碍。

我甩脱周边的人和物，冲出来直奔楼梯处，楼道里瞬间

01 缘起：至暗时刻

传来厉声尖叫，人群四散。我眼睛的余光看到自己的白大褂已是殷红一片，头还在嗡嗡作响，眼前金花闪烁，耳内轰鸣，整个人像吃了迷药一样晕眩。我努力控制着自己的身体，拼命奔跑，实则这个过程不过十几秒钟。我跑到楼梯口的拐角处发现这是一个死胡同，刚要转向，对方已完全近身，电光石火之间，我看到他手里拿着一个明晃晃的凶器，便本能地抱住头颅，重击再次袭来，我整个人被击倒在地。我大声呼救间，看到一个白色身影扑了过来，同那人扭打在一起，我趁机爬起来往扶梯处跑去，跌跌撞撞跑下扶梯。这时我已经神志不清，迎面看到一位护士，她惊愕地看着我，然后迅速扶起我，连扶带背地将我拖进一个办公室，然后将门反锁。

她又惊又急，对我说："您受伤了，赶紧躺下！"然后扶我躺在办公室的看诊床上。我整个人在惊吓之余，还算冷静，我看到她麻利地拿出酒精、纱布、剪刀开始为我消毒包扎。这时我才看到我的双臂和手已血肉模糊，左臂和左手上的肉翻卷开来，露出白骨。

事发太过突然，很多细节已记不清楚。事后在恢复的过程中，我才陆续了解了整个事情的经过。对方提的是一把大型菜刀，非常沉重锋利，我在就诊室就被砍了两刀，一刀在我后脑部位，另一刀就是我的左臂小臂处。在我奔逃到楼梯

/ 目光 /

拐角处时，我被砍翻在地，那时我的后脖颈又中一刀，左手可能在下意识挡刀时被横着劈开，右臂也中了一刀。

而在这短短的几十秒钟里，同在诊室的一位志愿者为了喝止行凶者，在我跑出去后，后脑被砍了两刀；而一位正坐在诊室门口候诊的病人家属的手背，也在为我阻挡行凶者的时候挨了一刀。

那个冲出来与歹徒英勇搏斗的，是坐在我斜对面诊室的杨硕大夫。当时他听到楼道里的异常声响，第一时间跑了出来，正看到鲜血淋漓奔逃的我。他下意识就追了上去，追到楼梯拐角处看到已经倒地的我正被歹徒挥刀乱砍。用他的话形容，我发出的声音是他从未听过的凄厉的惨叫声。他二话没说就扑上去抱住了歹徒，歹徒扭身甩脱，一刀冲他劈下，他头一躲，刀锋劈到他的头部左侧，眼镜碎裂在地上，左耳被划开一道长长的口子。

正是他的阻挡给了我逃命的时间，歹徒甩脱他后继续向我奔逃的方向追去。杨硕大夫赤手空拳，便跑去卫生间一把夺下正在打扫的工人手里的拖把就又追了出去。此时整个七楼已经空空荡荡，人群早已奔逃到各处。他看了一下手里的拖把，根本没有杀伤力，就扭身进了一间诊室抄起一把椅子。

在我奔逃的过程中，因为失血太多，身体发软，根本跑

01 缘起：至暗时刻

不过歹徒。这时又有一个人冲了过来，他姓赵，是一名快递员。他看到满身是血的我，下意识地抄起过道上的广告牌冲上来与歹徒对峙。后来我也是通过警察的笔录才得知了他的存在，他一直同歹徒英勇对抗，还不时地劝歹徒冷静，直到我跑得没踪迹了，歹徒才坐下来说："你报警吧。"很快，值班的保安人员闻讯赶来控制住了歹徒。这位赵姓兄弟也是我的救命恩人，没有他，我也不会死里逃生。

我被紧急推往了急救室，开始手术，打过麻药，我就进入了昏迷状态。

事后我才知道，当时院长知道消息后，第一时间紧急联系了相关医室的同事，他们或从诊室或从病房赶来为我救治，积水潭医院的陈主任也接到了我院的求助电话，从积水潭赶过来。

手术持续了约七个小时，在这期间，几位医师同院领导商量了手术方案，开始进行各处伤口的缝合与处理。我的左臂与左手受伤最为严重，神经、肌腱、血管两处断裂，而陈主任正是手外伤的专家，果断做出了救治方案。

那时我妻子也从新闻上看到了消息，通知了我的父母，两位老人坐地铁来到医院，我可以想象他们的心情是何其恐慌。相关领导也得到消息赶到了医院,他们安抚了我的父母,让他们暂时放心。

我醒来的时候已是第二天的中午,麻药的药劲儿还未散去,整个人晕晕沉沉,不知道身在何方,只觉得脑袋像被套了一个坚硬的铁壳,勒得头痛欲裂。

等再次清醒,我才慢慢恢复意识。我躺在ICU(重症监护病房),头上缠满纱布,身体被固定在床上。透过白色纱布的缝隙,我看到我的两条手臂被套上坚硬的石膏,身体一动不能动,头顶上方挂着输液吊瓶,药水不紧不慢地滴落。

这些,是在我之前的二十年中太过熟悉的场景,而今天我才有机会特别认真地观察——白色的屋顶上有几个黑色的斑点;明黄的白炽灯照得整个房间通明空旷;输液管里的滴液,先是慢慢凝聚,然后形成一颗结实的水滴,挣脱管口的约束重重地滴下,悄无声息地流入我的身体。

我无数次见过躺在ICU的病人,知道他们的痛苦,更懂得他们求生的欲望。然而,当我自己实实在在地躺在这里,才真正刻骨地体会他们的感受。

我为什么会躺在这里,到底发生了什么,我的父母、妻儿他们在哪里……我通通不得而知。

我被剧烈的头痛折磨着,也无暇思虑更多。这种疼痛不

01 缘起：至暗时刻

像平时的疼痛有清晰的位置来源，而是一种又涨又晕、仿佛是一团黑云死沉死沉地压在头上的感觉。后来听护士说，那时我的头肿胀得比平时看起来大了一倍。

这种疼痛让我如在炼狱，这是一种持久的、完全没有缓解意向的疼，我昏昏沉沉、半睡半醒，其间不时有护士和医生过来查看以及问询，我都记不太清楚。我全身心地同疼痛做着斗争，只觉得时间过得异常缓慢，仿佛是一个人在炼狱中独自煎熬。

一直到第三天，我的状况才渐渐好转，同时也得到了各方的慰问。只是此时我呼吸困难、气力微弱，也难以表达太多。杨硕大夫在被抢救后也被安排在了病房，他放心不下我，偷偷跑过来看我。我看到他头上的纱布，心里痛楚，想流眼泪，但似乎连流泪的力气都没有。我们就像一起经历了生死的战友，目光相对，千言万语尽在不言中。

主治大夫告知我我已脱离生命危险，让我放心。事实上，我还没有想到这个层面，疼痛让我只有一个念头，就是睡过去。

迷迷糊糊中，我看到妻子来了，她没有我想象的那样悲伤，就好像我们平时见面一样。她笑着对我说："你知道吗，你都上微博热搜了。"这个傻姑娘，也真是符合她的性格，

/ 目光 /

大大咧咧、简单直接。我苦笑了一下,特别想问她家里的情况,可是此时我完全没有力气开口。她好像知道我要问什么,柔声地告诉我,女儿暂时拜托朋友照顾,父母也安顿好了,一切都好,让我放心。我心酸不已,但也动不了,只能向她眨了眨眼。我能想象家人们是经历了一场多么大的震荡,妻子红红的眼眶出卖了她的乐观,我知道她一定昼夜未眠、哭了很多次。ICU不能久留,妻子陪我聊了一小会儿便被请了出去。

我一个人躺在床上,头痛仍在持续地折磨着我。我终于知道,原来被利器所伤,第一时间的感觉竟然并不疼,而恢复的过程才是疼痛的高峰。头疼是脑水肿造成的,我整个脑袋疼得像扣了一个完全不透气的钢盔。我知道这个过程谁也帮不了我,只能靠自己一点点扛下去。值班护士进来给我换药,询问我的感觉,她笑着说:"你啊,在ICU里是最轻的,别担心。"我知道她是在安慰我,医生的谎言只有医生听得懂。

一直到第五天,我的头痛终于有所缓解,至少从憋炸的钢盔中透进了一丝丝空气,我清晰地感觉到了疼痛的位置。但我的手臂却开始出现问题,我感觉到噬骨的寒冷从左臂传来,像是接了一条冰冻的铁棒,我惊惧是不是我的左臂已经不在了。直到大夫说手术很成功,神经和肌肉全部被砍断,缝合后还没有知觉，需要时间去修复，我才稍微放下心来。

有了意识后，我开始有了身体的运转需求，妻子给我熬的鸡汤我也难以下咽，勉强喝了几口便再吃不进去。但也许是吃得太少，我一直没有大便的便意，我知道，这时候我必须多进食一些，才能加强康复效果，于是接下来每顿饭都尽量勉强自己多吃几口。

第六天，我又渴望又害怕的便意来了，我托护士帮我找了一位男护工搀扶我走进卫生间。那是我受伤后第一次下床，身体好像不是自己的，我完全控制不了它。护工用了好大的力气才勉强扶我迈出一小步，病床距卫生间大概也只有三十米的距离，但它好像是我人生中最艰难的一段路程。勉强排了一次大便，我心中有些愉悦，终于可以看到一点点曙光——身体战胜了病痛，它会越来越好。

妻子又来看我，她说现在我上了新闻，很多热心的人都非常关心我，我的同学们、朋友们打爆了她的电话，纷纷给我录制祝福视频，还有一些人想来看我，但因为新冠疫情没法进入医院，他们送来的鲜花摆满了整整一个楼道。她又说，你知道吗，科比坠机去世了，还有他喜欢的女儿也在飞机上，一并走了。真是明天和意外哪个先来，谁也不知道。作为半个球迷的我，心里无限感伤，不免又对自己感到庆幸，至少我活下来了。

/ 目光 /

妻子问我要不要对网友们说点什么,因为我微博上的留言都有上万条了。

疼痛的折磨下,加上听到疫情和科比的消息,我心情无比复杂。

从医生瞬间变为患者,第一时间想到的就是那些眼病患者是怎样过来的。眼前出现最多的是那些盲童的影子,他们家境并不富裕,甚至可以说一贫如洗,但是也一直坚持,从未放弃过。此刻,我突然觉得也只有这首诗能代表我的心情:

心中的梦

我,
来自安徽,七岁那年,
一场高烧,让我再不能看见;
我,
来自河北,从小患有恶性肿瘤,
摘除双眼;
我,
来自山东,
生下来那里就是空的,

01　缘起：至暗时刻

老人想要把我掐死，

是妈妈紧紧抱住，

给我活下的希望。

阳光和阴影，

我无法区分；

爱情和甜蜜，

我不能拥有。

别人只是偶尔焦虑，

而我们却一直烦恼，

因为大家口中的美丽，

我们永远无法知晓。

我很怕，

拿起筷子吃饭的时候，

夹不起菜，

会被讥笑；

我很怕，

走路时不小心碰到旁人，

会被责骂；

/ 目光 /

当我们用盲杖不停敲打地面,
聒噪的声音让别人躲避不及;
当我们打开收音机,
无论怎样调低电台的声音,
在别人的耳朵里,
总是嫌大。

但是,我心中,
还有一线希望。
希望有一天,
我可以拿着打工赚来的收入,
给父母买一件新衣,
添一双新袜。
我也希望,
有一天,
膝下也有儿女,
在耳边,
和我说说悄悄话。

夜深人静的时候,

01 缘起：至暗时刻

每个人都会想家，
挂掉父母的电话，
我能想象，
他们两鬓的白发，
还有心中割舍不断的牵挂。
我会努力，
让父母不因我是盲人而终生活在阴霾之下，
我把光明捧在手中，
照亮每一个人的脸庞。

随着时间的推移，我的疼痛在各位医师和护士的护理下一点点缓解，头上的水肿消退，但是伤口的痛开始立体清晰起来。由于根本无法入睡，我不得不吃一些止痛药才能睡得安稳。

右手伤势相对较轻，已经拆除了石膏，露出了可怕的伤痕，红红的，缝合线像一条蜈蚣一般趴在那里，四十多针，足足有十几厘米长。左臂依然没有知觉，我开始感到有些焦虑和担心，我不敢想象假如我真的失去了左手，我的生活会是怎样——还有好多患者在等着我做手术，我是否还能继续此生热爱的医疗事业？甚至连上个卫生间、洗个脸可能都会变得很费劲——这该是怎样的体验，难道下半生我真的要过半残疾的生活吗？

/ 目光 /

　　人总是这样，在身体好的时候，我们会完全忽略这些肢体和器官的存在；当它出问题了，才一下子意识到身体的重要。左臂像被冻在一块寒冰里，伴随着千万根针扎似的疼痛。我让护士帮我找一点暖宝宝贴在上面，心想这样也许会好受一点。但是因为左臂毫无知觉，护士怕我烫伤，只得贴一会儿便取下来，过一会儿再贴上去，如此反复。同样，疼痛让躺着的我也百般难受，辗转反侧。好在医院帮我安排了一位和善的护工大哥，他不断地配合着我折腾。他安慰我："你这不算啥。"他看护过的好多患者都没挺过去，撒手走了。大哥人实在，这话让当时的我又生出了力量。

　　我开始回忆曾经读过的书和看过的电影，包括季羡林先生的《牛棚杂忆》、余华先生的《活着》等，那些主人公的悲惨命运以及坚韧不屈的性格，一幕一幕地在我脑中滑过。与之相比，我此刻躺在宽敞先进的病房里，有这么好的医护同人的照护，我的境地和他们比起来总还是好上太多。

　　我又想起自己曾经的那些病人，好多都是无数次从鬼门关里爬出来的，他们的模样此刻再次闪现在我眼前，我更加深刻地感受到了他们的痛苦与不屈。从医生到病人的角色转换，让我一下子有了别样的感受。我曾经那么无知、轻易地鼓励他们面对病痛，而现在我才知道，这份鼓励背后需要承受多么大的痛苦考验。想到此，我心中不免多了一份力量和从容，那时我便做好了最坏的打算，就算我的左臂从此无法动弹，至少我还活着，还可以做其他有意义的事。

《牛棚杂忆》里季羡林先生说，既然决定活下去了，那就要迎接更激烈更残酷的战斗，这个准备我是有的。

派出所的警察大哥们找到我，我才恍然想起这件事的缘由，之前在鬼门关前挣扎完全无暇顾及于此。当他们告诉我行凶人的姓名时，我真的完全愣住了，这种吃惊一直持续到他们离开后很久。

我实在找不出他伤害我的理由——他是我三个月前接诊的一个病人，生下来双眼高度近视，一年前右眼视网膜脱离，之前在别的医生那里做过三次手术，出现了严重的并发症。找到我时他的眼球已经是萎缩状态，视网膜全部脱离并且僵硬。我反复告知他，最好的医治结果也只能是保住眼球，保留一点视力，但他不想放弃，坚持想试试。

后续大家在一些访谈中也了解到，那时我腰伤复发，疼痛难忍，但还是坚持把他的手术成功完成。我自认为我的治疗过程完全没有问题，我难以理解为什么这么一个成功案例的病患最终差点要了我的命。我问杨硕大夫，他也难以理解。他说这个人之前就来医院投诉过，坚持认为医院的治疗水平有问题，实则他这样的情况，相信90%的医院都会放弃的，我们已经尽最大的力量保住了他的部分视力。

我在病床上久久难以平静，辗转反侧，我认真回忆和他短暂接触中的每一秒：他身材健硕，面目阴郁，话不多，在与我的沟通中也没有表现出任何激动的情绪，治疗过程中也很配合。从他的形象穿着来看，生活并不宽裕，手上有着终年劳作留下的粗糙痕迹，应该是务农或者体力工作者。手术后我还特意为他尽量节省医治费用。他的左眼并没有太大问题，可以自己伏案写字，并不太影响正常生活。那到底是为什么，他对我有如此大的仇恨，非要置我于死地？

我的心开始狂跳，从医这么多年，我从未对任何病人轻视怠慢，所以我从来不惧怕任何投诉。医院的同事们都知道，我从不接受协商调解，并不是我固执高傲，而是我自认为，我已尽到了自己最大的努力，也坚信这是我最好的方案，如果因为投诉而委曲求全，那将是对我从医品格的侮辱。然而，在我不了解的患者心里，他们又是如何想的呢？那一刻，我感到毛骨悚然。

妻子和其他来看望我的同事都劝我，别想那么多，但是我最近几天命悬一线、遭受痛苦折磨的经历，以及我坚持这么多年从医的初衷，让我不能不想那么多。在我心中，我一直认为医生和患者本身并不是对立的,相反,是共同面对病痛的战友。我们彼此协作,共同战胜这个敌人,为什么会自相残杀?我低头又看见身上清晰的伤疤,真实可见,而且警察大哥也确认是他所为。澎湃起伏的心绪让疼痛加剧,头上像戴了一个金箍,此刻正受着紧箍咒的考验。我痛得身体都有些痉挛,不得不停止思考,服一些止痛药才能睡去。

后来有媒体朋友问我,当时恨不恨他,我的回答是,我可以理解,但不能原谅。在病痛的疯狂折磨下,我无法做太多思考,但我为身在医疗行业的同行们不平。

在ICU住了十天,我转到了普通病房,此刻疫情全面蔓延开来,这个年过得可谓终生难忘。我在病房与病痛生死较量,而我的医护同人们一个个英勇奔赴前线,每每妻子帮我拿来手机,看着新闻里那些熟悉又陌生的身影,都让我热血沸腾。也许只有干这行的,才能真正明白其间的辛苦与风险。新冠的传染性较我之前参与抗疫的非典可怕得多,稍有一丝不慎就会被传染。听到某某医护工作者在救治过程中牺牲,我心里的痛难以言表。看到抗疫图片中一个个医护人员连续工作几十个小时,累瘫在地上沉睡,依然拼着最后一丝力气站好自己的岗位,我也感同身受。我想如果我没有出事,也

/ 目光 /

许也正同他们一起奋战在前线,这大概是我们从医者心底的一种使命感,是医生的一种本能。

直到转到普通病房,我才见到父母,我完全可以想象他们这段时间的心情,后来我才知道父母看到昏迷时的我哭到差点晕倒。但此刻他们见了我,没有流露出一点绝望痛苦的神情,我爸只是给我讲了他小时候的一个故事。我爸童年时期生活非常艰辛,祖父撒手而去,留下他们孤儿寡母三个讨生活。他一个人上山砍柴,因为一次失误,镰刀在小腿上划下了一道十几厘米长、三厘米深的大口子,他硬是拿衣服捆住大腿根走了二十多里山路回到家。讲完,他便没有再说什么。父亲不是一个话多的人,他能和我讲这些,我完全理解他想表达的意思。

后来疫情越来越严重,整个北京进入高度戒严状态,多数人都同我一样只能守在一个方寸大的房间里等待。相比之前的疼痛,转到普通病房后的体验可谓从地狱回到了人间。

我的起居饮食也慢慢恢复正常,可以下地简单地移动,右手的伤疤愈合得很好,头上刮掉的头发也长出了一厘米左右,左手的冰冻感也缓解了不少,只是仍然没有太强烈的知觉。这些我也逐渐习惯,我开始能自己用右手翻阅一下手机,看到好多好多的信息。我一一查阅，全是关心鼓励我的话，奈何我无法一一回复，只能发个简单的感谢表情。此时我微博的评论区出现了有史以来的留言转发最高峰，我非常惊讶，不太敢相信真的会有这么多人关心我，心里忐忑又受宠若惊。一些媒体朋友私信我，或者找到我身边的相关人员，表示想对我进行采访。思虑良久，最终决定还是以视频的形式向大家通报一下我的现状，更多的是借此表达一下感谢。

在我心中，我一直觉得自己只不过是一个普通人，因为这次事件引发了一些关注，用不了几天，热点一过，我还是我。只不过事实远比我想象的夸张，因为我，医患关系的问题再次被推上舆论高峰，大家在为医生同人们叫屈的同时，也表达了对我深深的同情。那几天，我每每拿起手机，都会看到数以万计的有关我的话题和评论。大家关切的内容非常多，不仅对我，还有对从医工作人员这个群体，对医疗行业，对法律行规，对信仰……

成名，在我的字典里从未有过。刚学医的时候，我曾想过，如若有一天我做的科研项目取得成功，我的名字可能会出现在一些医学杂志里，那可能是我人生最大的愿望。

而今，好像是一瞬间，我从茫茫人海中被一双手拎了出

/ 目光 /

来,被大家认识,被那么多人关心,还有这多媒体主动联系我、采访我,让我站在镜头前。

我有些恍惚,同时一种莫名的压力随之而来。

在此之前,我一直有一条清晰的人生之路——我要在行医坐诊的同时,致力于科研,沿着医学界前辈的路踏实地走下去。然而,突如其来的灾祸像一阵飓风将我腾空卷起,让我重新审视那个埋头行进中的自己。

留言中,有太多让我眼眶发热的话语,很多都是来自我的患者。于我,他们真是太过不幸的人,可能太多拥有正常视力的人无法想象当一个人眼睛出了问题,甚至失去了光明的状态。世界在他们眼前是模糊的、黑暗的,他们连最基本的穿衣吃饭都会比我们困难得多。光明,于他们而言,值得用全部去交换。

一位患者的母亲托人过来,说她愿意把自己的手捐给我;天赐的爸爸,听到消息哭得不能自已,全家人为我录了一个很长的安慰视频;信奉基督教的患者,不断为我的康复而祷告;信仰佛教的患者,送来了鲜花;还有患者给我留下大段大段的信息,心疼我、鼓励我,字字真心,句句动人。每每看到这些,我的眼眶都会湿润,回顾整个受伤的过程,我好像都没有流过眼泪,然而此刻,实在难抑。

我时常问自己，何德何能拥有这么多人的爱，而这些爱不掺杂名利、目的，是最真切的爱护。他们是不幸的，上天在他们的眼前蒙上了一层黑纱，但他们的内心却通透明亮。

慢慢地，我开始不再纠结这个人为什么要杀我，我为什么要遭此厄运。砍伤我的人，我相信法律会有公正的裁决，我没有必要因为他的扭曲而扭曲自己，我选择客观面对；碰伤我的石头，我没有必要对它拳打脚踢，而是要搬开它，继续前行。奥地利著名心理学家弗兰克尔用其一生证明绝处再生的意义：人永远都有选择的权利，在外界事物与你的反应之间，你可以做出不同的选择。

我想如今我有此遭遇，也许就是生死边界的一次考验——把这件事当作我的一段独特经历，让我从医生变成患者，真正体会一下在死亡边缘的感受，对患者的心态更加理解，对医患之间的关系更加明确，对从医的使命更加坚定。

爱因斯坦曾说："一个人的真正价值，首先决定于他在什么程度上和在什么意义上从自我解放出来。"上天为我关上了一扇门，必定会为我开一扇窗。

我并不希望我受伤这件事被太多人关注，在我的眼里，每天都有那么多人在生死边缘挣扎，相比起来，我和他们并无二致。这件事真正的意义在于，我能为这些关注我的眼睛呈现什么样的价值。

我决心以我的经历作为教训，为我的从医同人们呼吁一下安全的从业环境，这次伤痛宛如噩梦，我完全不想回顾，只希望到我这里为止，永不再现。我知道改善医患关系关联太多层面，但如果因此能在医院门口装上一道安检之门，也算对我受此一劫的莫大告慰。

《眼内液检测的临床应用》一书是我近十年的经验总结和智慧结晶，我想赶快完成，把这本书交给人民卫生出版社来进行后续工作。因为当时颅内有水肿，还有出血，我担心伤后存有后遗症，不想半途而废。

再者是持续推进公益计划。因为我们现在的治疗技术与手段相对有限，世界上终归还是会有很多失明的人，如果我能为他们做一点点事，或许能帮助他们改变人生，让盲人享有该有的权利，能独立并快乐地生存于这世间，也是我受伤后拥有这点影响力的意义所在。

有了这样的想法，我的心态一下子舒展多了，护士都说我开始笑了，还时不时和来看望我的人打趣开玩笑。心态的轻松让病痛开始有些畏缩，我能明显感觉到身体恢复的力量：最让我难受的头痛在慢慢消退，只是不时又跑回来折磨我一

01 缘起：至暗时刻

会儿又逃掉；左手没有那么冰冷麻木了，慢慢地好像有了知觉复苏的意思。

因疫情的影响，我的病房非常安静，除了妻子安顿好孩子后来照看我，以及偶尔来探望我的领导和同事，我大多数时间都是独处，没有工作，没有接不完的电话，没有七七八八的琐事，只有我自己和自己思考、对话。这是我有生之年都没有过的一段修心时光，我回忆起很多人、很多事，我越发感受到生命的伟大和人性的多样化。对于那天的事，我也不再回避，可以客观地回忆，身边的人也逐渐从不同角度向我诉说了当天的经过，短短几分钟的时间，造成了今天的局面。

我问杨硕大夫，你看到歹徒对我乱砍，手无寸铁就冲上去，你不怕吗？他说当时没想那么多，就是一种本能。我又问，假如再次出现这样的情况，你还会上吗？他说得斩钉截铁："会！"他看不了这种打杀的行为，也听不得绝望痛苦的惨叫。我用恢复较好的右手紧紧抓住他的手，我们相视无言。

过了很久，我又见到当天为我挡刀的患者家属田女士以及舍身将我抢救到诊室的护士陈伟微，她们的第一反应是先安慰我，完全没有觉得自己当时的行为是多么勇敢与伟大。陈伟微就像她的名字一样，细微的伟大，她把她领到的六千块见义勇为奖金悉数捐给了盲童，这就是平凡人，我们都如此相同。

正是因为身边的这些人的影响和触动，我决定接受媒体采访，希望能尽自己一点小小的力量，不管是对医护安全的呼吁，还是对盲童的救扶，或者是从这件事上给大家一些正面的思想引导，都可算作一个平凡人的善举。

在接受几家媒体采访的同时，我看到北京市首次立法保障医院安全。在我刚刚发出呼吁的当天下午，就得到三位民主党派人士向政协上交提案的消息，并且在十五届人大常委会第二十二次会议上表决通过，正式出台《北京市医院安全秩序管理规定》，从今年7月1日起正式施行，北京所有医院都将建立安检制度。突然间，我身上多了一层更深层次的使命感。

既然世界可以无纪律、无原则地用榴梿吻我，那我就只能有组织、有计划地把它做成比萨了。平凡的我也想通过自己这点微不足道的影响力把自己的价值发挥到最大，想让更多的人看到人性的善良，让更多的病患得到救治，让更多对生活迷茫和抑郁的人感受到生命的意义，让更多从医的或者打算从医的年轻人坚定自己的梦想。

于是，我决定写下这本书，我不想记录我平凡生活的点滴，

01　缘起：至暗时刻

而是更多地展现我从医二十年来，从接触到的形形色色的患者和朋友身上以及书本里吸收到的能量，关于善恶，关于生死，关于医患，关于人性，关于信仰……

02

善恶的相对论

现实或许总是不像我们想象的那么理想,
但也不像我们想的那么低劣,
现实就是现实。

/ 目光 /

不知道大家有没有这种体会,当你牙疼,身上长个火疖子,或者痛风脚后跟疼的时候,你会发现原本这些你从来不在意的部位突然变得格外重要,恨不得随便一个动作都会影响到它,然后给你一击。我们常常太过专注于我们的心思而忽略我们的身体,实则身体是一台庞大复杂又精密计算的机器,任何一个零件一旦出故障,就会影响它看似理所当然的运行。

受伤的部位开始凸显它的存在,一下子对我的日常生活造成了超乎预料的困扰。早上洗脸刷牙、穿衣穿鞋,中午用手机点个外卖,晚上叫个车都要比平时费劲太多。每每我看到力不从心的手臂和手掌,那上面盘根错节的伤疤,说不恨是假的。我恨这场意外夺去了我太多最平常不过的身体功能,让我遭受这种日复一日的疼痛。我总会想到,这个人太歹毒了,他怎么下得去手把我伤成这样。但转念间又会将它搁置在一边,把它当作一块石头,客观处理。

02 善恶的相对论

人性本善与人性本恶之争诸子百家时期就各有各的观点。孟子力倡人性善论，认为人生来就有恻隐之心、羞恶之心、恭敬之心、是非之心；而荀子否认人性中有先天的善，他认为人性是好利多欲的，本性中并无礼义道德，一切善的行为都是后天教育和环境影响的结果。

在我幼年时期，着迷于日本动漫《圣斗士星矢》、火极一时的科幻剧《恐龙特急克塞号》，还有我国经典名著《西游记》，那里好人与坏人的边界非常清晰。孙悟空代表的正义总会不断遇到前来捣乱的妖魔鬼怪，坏人就坏得很直接、彻底。我们小朋友在谈论起任何故事时，首先就会去确认哪个是好人，哪个是坏人。直到看《三国演义》，我开始有些迷糊，便会问母亲，这里到底谁是好人，谁是坏人？母亲说，不要轻易拿好坏来定义别人，而要看他做的事是好是坏。我开始思考，对于魏蜀吴三国的任何一方，都可以将另外两国视为敌国，他们各自有各自光明正大的身份和目的，都为天下社稷、黎民百姓考虑，那么好坏善恶在这里就难以轻易下定论。

随着年龄增长，我越来越能体会母亲话中的意思。

2019年下半年的某一天，我去燕达医院（朝阳医院的医联体合作医院）会诊，这是一家以血液病治疗为特色的专

/ 目光 /

科医院，院内的血液病患者体质虚弱，尤其是在骨髓移植后，如果外出就有感染的风险。

当结束会诊准备回朝阳医院的时候，我嫌电梯来得慢，就选择走楼梯下去。从楼梯的窗户往下看时，正好看见楼下有几个人正在树下乘凉聊天，他们身后的一个中年男子正将手从背后伸到其中一个人的口袋里。

仔细一看，这个中年男子我认识——他是我一个小患者的父亲，他女儿十六岁，在做完了白血病骨髓移植术后，因为长期使用激素，引起了白内障，需要置换人工晶体。为了给女儿治病，他几乎已经变卖了所有家产，生活一贫如洗。因为孩子还小，如果用传统的单焦点晶体，做完手术后就会变成老花眼，看书得戴老花镜；而多焦点晶体价格昂贵，一枚需要上万元。我知道他家里困难，所以当时联系厂家为她捐赠了两枚，并且手术很成功，她女儿现在读书看字完全不需要戴眼镜。知道他的穷困，所以看到此事，说实话，我心里五味杂陈。

过了三四天，我在医院六楼的扶梯口，看到一个老太太在下电扶梯的时候摔倒了，当时电扶梯还在滚动，老太太半天爬不起来痛得直呻吟。这时也正是那个曾经偷钱的男人，冲上去二话不说就把老太太背去了急诊室。

02 善恶的相对论

我问急诊科室的护士他有没有向老太太家属索要酬金,护士说并没有,安顿好后他就离开了。这件事给我的触动一直徘徊在我心中不能平息。很多时候我们选择站在道德制高点,在衣食无忧、生活安定、有稳定生存保障的情况下,去评判他人是好是坏,我们以善恶武断定义他人;而事实上我也经常问自己,如果有一天我也穷困潦倒到没有任何生活来源的时候,我会廉者不受嗟来之食吗?

人性复杂,善恶总是一念之隔,现实或许总是不像我们想象的那么理想,但也不像我们想的那么低劣,现实就是现实。

我一直崇尚善念,这是从医者必备的品行基础。在我从医的经历中,我看过太多令人感动的事情,比如薇薇的家人的善举。

薇薇,一个瘦小的八岁广西女孩。她很幸运,因为骨髓移植很成功,治好了白血病,保住了性命;但她又很不幸,因为白血病导致了免疫性眼病,这种病毒性眼病使她双目失明。最好的治疗方法就是向眼球内注射药物,每周一次,连续六次。可是因为年龄小,注射时需要全麻,每次要增加一千块钱的费用。小女孩拽着我,特别焦急地告诉我她不用全麻,骨髓穿刺的时候她经历过很多次,她可以的。而这一切,

/ 目光 /

只是因为她想把钱省下来,给弟弟上学用。

后来薇薇的眼睛恢复了部分视力,她的妈妈和一位学校教师带她参加了由中华少年儿童慈善救助基金会举办的白血病骨髓移植术后儿童绘画比赛,绘画的题目是:我的世界。在别的同龄儿童眼中,他们的世界是游乐园,是蛋糕,是动画片;而薇薇的眼中,她的世界是医院,所以她的作品就是接受输液、手术。但是她仍然用五彩的蜡笔绘出她在医院中所见的一切,原本灰暗的世界在她的画中变得鲜活。最终获得一等奖的薇薇得到了五千元奖金。

正是这样一个挣扎在生存边缘的贫困家庭,他们从五千元的奖金中拿出一千元,捐献给了素昧平生的天赐。天赐是我提及过多次的一个小患者,他患有眼部视网膜母细胞瘤(一种儿童恶性肿瘤),两岁就摘除了一只眼睛。为了保住另一只眼睛,他的父亲在接下来的十几年里漂泊在北京。为了给天赐看病,他住桥洞,睡公园,靠在火车站给人拉行李和送报纸赚点微薄收入来支撑自己和儿子的生活。

然而在我出事后,天赐的父亲又把这一千元转给了我,全家人为我揪心痛哭,希望我能收下。这种善举,数不胜数,正是因为在这些善念的感染下,我一直活在人性本善的思想中,我对每个病人都尽心尽力,我相信我换来的也将是真诚

02 善恶的相对论

相待。

直到这件事发生,我开始有了一些不同的思考。

说实话,我对他的不解远大于恨,我只是接受不了我问心无愧的付出为什么会引发他如此大的仇恨。我的女儿在我受伤后,连着好几天都无法理解自己的爸爸为何会被人砍伤,难道是爸爸做错了什么吗?她好几天夜里说梦话都在重复这个问题。

直到公安机关和院方逐渐了解了他的背景,我才有些理解。他是北京远郊的一个农民,与父母和兄弟姐妹早已断绝来往,生活本就困苦,眼睛又患有持久性无法根治的病,求医之路艰辛且漫长。可能他的心态也在这个过程中逐渐扭曲,直到我给他治疗完,他彻底绝望、试图轻生,而我就是他的陪葬者。

在我被砍伤后,伟微将我抢救到诊室,他提着刀仍在四处寻我,被他吓得惊愕无措的患者愣在那里,他说:"你放心,我不砍你,我就要砍死这些医生。"这是后来听当时在现场的患者说的。可见在他漫长痛苦的求医之路上没人在乎与拯救他逐渐扭曲的心理,从而导致他变成一个偏执的杀人狂魔。

善与恶,在我看来就是人性中的两个面,像枚硬币,人生下来就具有这两种特质。善让我们去爱,去付出,去帮助,去

/ 目光 /

成就；而恶让我们去恨，去嫉妒，去索取，去伤害。

善与恶是相对而论的，完全的"善"将会让人变得软弱，完全的"恶"会将人推向地狱，只有将"善"与"恶"的标准与底线确立，才能构成一个和谐的自我。于我而言，我选择不将自己埋在仇恨里，并不是我"善"，而是我清楚地知道，我不能用他的"恶"来"恶"自己。如果我将仇恨埋在心里，那么我势必会生出报复、怨恨的心理，那对我来说是对自己的折磨。

但我不会对他"善"，就如媒体采访我时问："如果重来，你还会为他诊治吗？"我的回答是绝对不会。医生也是人，医生将善良作为品格的基石，但不能是佛陀，以肉养虎，以善待恶，那么无形之中是助长了"恶"的势力。以德报怨，何以报德？以德报德，以直报怨。法律应对"恶"给予惩罚，人们应对"恶"给予抵抗，那么才有可能实现"善"普天下，我希望我是最后一个被伤的医生。

这件事给我更多的思考是，我的"善"是否足够博大，或者深沉。我曾经一度以为只要我全心为患者医治他的痛苦，那么我就做到了心中的"善"。然而，当我躺在ICU病床上听到歹徒是他时，我除了巨大的不解外，还有一份自我怀疑：我医治了他的眼睛，却没有医治他的心；我了解了他的病情，但没有了解他的人生。如果我当时能体会一下他的处境，给予正面

02 善恶的相对论

的开解,是否就会化解了这股恶气?

"为善如负重登山,志虽已确,而力犹恐不及;为恶如乘骏马走坡,虽不加鞭策,而足亦不能制。"为善,从来不是一件易事,不仅要坚持善良的初心,同样也要有明智的头脑以及机智的行动。从这一点来看,我的"善"在他眼里并不是"善",而是伪善,那么我就缺乏了明智。我希望在我未来的从医道路上,我能多一些智慧,辨识善恶,以机智的行动去从善。

在病床上的时候,除了回忆一些曾经的生活片段,闪现在我脑海中最多的是患者的脸庞,而且全部是患者的感谢以及他们对抗病魔时的坚强模样,不知道为什么,我会特别感动。按理说,我救治了他们,他们感念我的"善",这很正常;为什么反而是我感动于他们对我价值的肯定以及善良的回赠?这是他们的"善",这种"善"的力量十足强大,让我从怀疑、委屈、怨恨的"恶"的心念中走出来。这可能才是我感动的真正原因——"善"终归会战胜"恶",这是人性的光辉。

佛家所云积德行善,耶稣倡导珍爱世人,行医所谓悬壶济世,不外都在说一个"善"字。行善积福并非迷信,从科学上讲,行善的人往往心胸宽广,行事坦荡,自然不易被太多烦恼所困。心无烦恼自然清爽,身体就会比他人康健许多。并且相由心生,和善的人面目平和,不易动怒生怨念,不易愁眉苦脸,长得自

/ 目光 /

然端正一些,在他人看来也比较容易亲近,比较可爱。再者言传不如身教,行善的人无形中会感染周边的人,尤其是孩子,很容易有样学样,有个行善的父母或师长,就能为孩子树立一个正面的榜样。

疗伤这段时间,我决定放下这件事和这个人在我身上做下的"恶",我想用我这段惨痛的经历换取更多人的注意。如何以"善"待"恶",就是让作恶的人付出应有的代价,接受应受的惩罚,促使相关法律制度的完善,让"恶"无处发作。而"善"是对自己,我想用我做个例子,让大家看到,外界对自己已经够"恶",而自己要对自己"善",这样才能让自己活在阳光下。所以我决心要继续致力于公益,不仅是因为那些盲童可怜的命运让我同情,更多的是我想聚集更多的"善",彼此成就。

公益之路非常艰辛,我需要面对太多的质疑、冷眼和不解,初心放在最大的诱惑和最深的伤害里才能检验其珍贵——我不是神,但愿意继续发出我的微光。

02 善恶的相对论

火眼金睛

艾蒿长遍平静的湖畔,
甘甜,
肥美,
是鹿群的最爱;
蛇也潜伏其中,
尖利的牙齿,
释放毒素,
麻痹鹿的喉咙;
悄无声息,
小鹿缓缓地倒下,
双眼瞳孔散大,
他看见了,
粉红色的芯子,
那条蛇蜿蜒曲折;
他想起了,
上次同伴倒下时,
也是一般模样;
他明白了,

/ 目光 /

杀害他的,
不是蛇的毒牙,
是侥幸,
还有毫无防备的善良。

03
一个医生的生死观

恐惧应该是活着的警示,而不是枷锁。

/ 目光 /

在我七岁那一年,外公去世了,那是我第一次真正面对一个人的死亡。

外公爱吃辣,所以经常自己炝辣子,时间一久得了慢性支气管炎,终年咳嗽。他和家人也没有将此当回事,一直拖成了肺心病,最终不治而亡。他离世的那个晚上,父母带着我还有其他舅舅、姨妈一直守在他的身边。外公全身浮肿,呼吸困难,由于无法排出肺里的痰,大姨就试着将手伸进他的嗓子里抠。外公那时已无法说话,但能感觉到他非常痛苦,折腾了大半夜,外公最终还是停止了呼吸。我当时非常害怕,看着大人们哭得撕心裂肺,我完全不知道死亡意味着什么。

一直到外公离开大半年后,我才缓过神来——外公再也回不来了,他被埋进了土里,彻底离开了我。那时我非常难过,觉得死亡太过可怕,如果人永远不死该有多好。

因为母亲在新华书店工作,所以放学后我经常待在她的书店里看书。关于死亡,我看过很多种不同的描述——东方

03 一个医生的生死观

神话里会说六道轮回,死后会被黑白无常带去阴间接受阎王审判;西方故事里则说人死后,会根据其生前的评断变成天使或者魔鬼——这些都让我对死亡心生畏惧。

我问母亲,人为什么会死,死后会去哪里。母亲可能也不知道如何对一个七岁的孩子解释这件事情,便给我讲了"庄周梦蝶"的故事:古时有个了不起的人叫庄子。有一天,他做了一个梦,梦见自己变成了一只特别大又特别漂亮的蝴蝶,在鸟语花香的大草原上飞舞,他觉得幸福极了。但突然间,一只大鸟向他冲来把他给吃了,他猛然惊醒,浑身发冷,止不住地回味刚才的梦境,难以自拔。他就想,这个梦这么真实,在梦里我是蝴蝶,死后我醒来,那么到底是蝴蝶在梦中变成了我,还是我在梦中变成了蝴蝶?母亲的故事让我一下子释然很多,我想外公一定是在另一个世界醒来了,他有可能也变成了蝴蝶。

未知生,焉知死?

我长大后,开始能相对淡然地看待死亡,尤其上了初中以后,开始学习物理、生物,发现生命就是一个有机体,有生便有死,这是非常正常的自然法则。但我一直不太确定,是否人死后真有灵魂这么一说,至今在科学上也无法解释。比如某些灵童事件里,一个小孩突然变成了成人的语气,会

/ 目光 /

说好几国的语言；周边人也常像煞有介事地讲一些灵异事件。对此，我心生疑惑，我不确定这到底是迷信故事，还是科学尚未触及的更深层次的领域，生命终结后是否真的会以另外一种不同的形式存在于另一个时空……到底生命是怎么来的？一颗肉眼都看不到的受精卵居然可以成长为一个活生生的生物，并且遵循着标准的规律，大自然真的太神奇了。

上大学以后，我需要养小猪小兔来做试验，手里毛茸茸的小生命像一个玩具，就算我把它的所有机体重新复原，它也不会复活。那到底是什么在支撑这个生命的运行？我对此充满好奇和敬畏。

医学能否在某一天实现真正的突破，解释生命起源的本质问题？如果人的大脑是一台高速运转的计算机，那么未来是否真的可以像科幻电影里那样，将大脑破译、复制，实现永生？

我读了尤瓦尔·赫拉利的《人类简史》和《未来简史》，他在书中大胆地预言，未来人类将退场，永生人将会统治世界。他说现在已经有科学家实现了用电脑去解析大脑运算规律并加以控制。

他们在一只老鼠身上做试验，老鼠戴上头部仪器后，可以像一个木偶一样被人类操控，而它自己浑然不觉，以为是自己的意识发出的行动指令。他还说情绪也是受大脑控制的，如果是技术的问题就一定可以用技术解决，未来不用再担心抑郁症，因为人们可以通过改写大脑数据让人马上开心起来。他书中有太多大胆的假设，比如人类可以定制基因、定制情绪，可以存储和删除记忆；几千年来人类面临的三大问题——饥荒、瘟疫和战争——在未来也将不复存在；在人们没有任何意识的前提下，一场数据之战已然结束，并且会完全删除存在过的痕迹；信仰也将会被重新构建，现在的宗教与死亡密不可分，未来死亡将会由人来定制。

我对他的预言半信半疑：信的是科技将会以幂次方的速度发展，在生物科技、人工智能的不断演进下，很有可能会出现我们设想不到的新社会；疑的是如果人类真要这样发展，那么终点一定是毁灭，那我们发展的意义又是什么，有什么样的方法和途径可以取得两者的平衡？

因为经常思考，我开始能淡然地看待死亡，并不是我不怕死，而是我觉得对死亡的恐惧所带来的负面影响远远大于死亡本身。

有媒体问我，在被砍伤后，有没有想过自己有可能会就此死去。我的回答是没有。确实，即便在 ICU 时我也没有想过。我也不太清楚为什么我会这样，追溯起来的话，也许与

/目光/

我的职业息息相关。

有一种疾病叫心理生理疾病,比如,青光眼的患者往往是那些易怒、情绪起伏较大的人,在这种心理的驱使下,很容易罹患相关的生理疾病。心理对生理的影响远大于我们的想象,如果一个人不停地暗示自己患有某种病,那么很大概率上他真的会患上这种病。所以在我从医后,我没想过死,也可以说没有害怕过死,对死亡过分恐惧,会让一个人在生死时刻慌乱阵脚。我想这次我能够从如此大的劫难中死里逃生,可能也正是因为这种心态。

所谓向死而生,也许就是这个道理。不惧怕死亡,反而能抓住一线生机。

朝阳医院眼科开展了角膜移植手术,我所在的一个器官移植的捐献群里隔三岔五就会有动静。其实这个群一有动静,我的心情就不由得五味杂陈——一方面,我希望有人捐献器官,这意味着等候的患者有了希望;但另一方面,每一个新捐献者的出现都代表着一个鲜活生命的逝去。打开捐献单,看到的是一个个二十岁出头的年轻生命,由于车祸等突发原因离开这个世界。脑海中总是会浮现出他们新婚爱人的泪水,白发苍苍父母的哭号……死亡,有时就近在眼前。

03 一个医生的生死观

人类对死亡的恐惧是与生俱来的,也正是对死亡存有恐惧才使得人类得以长足发展,但恐惧应该是活着的警示,而不是枷锁。

七年前,我曾和我的德国导师 Jonas 教授夫妇一起去内蒙古最西部的额济纳旗进行近视眼的考察。师母是印度人,为人亲切善谈,信奉佛教,在我们谈起生死这个话题时,她给我讲了一个她亲身经历的故事。

小时候她由奶奶养大,所以和奶奶特别亲,奶奶病故后,她十分难过,日日痛哭,不思饮食,感觉身体到了一个濒死的状态。那时她每天都会做一个相同的梦,梦里她独自一人穿行在一道漆黑的隧道中,没有光线也没有声音,她只能往前走,在尽头处她看到一扇漆黑的铁门,很厚,很高;她在铁门前害怕极了,但她不敢推开,她担心门后面会是有着烈火和猛鬼的地狱,她在门前犹豫不决,忐忑难安。这个清晰的梦境每夜都会出现,但她始终没有勇气推开那扇门。直到有一天,她给自己做足了思想准备,终于把铁门推开,她发现门后只不过是如常的黑暗,除此之外什么都没有。自那以后,她就再没有做过这个梦。所以她只是被对死亡的恐惧所困,而死亡本身其实并没那么可怕。

有一些人从生下来就畏惧死亡、忧虑未来,年纪轻轻就

/目光/

设想自己老了以后会如何悲惨,其实这是对自己人生的浪费。

法国思想家蒙田就说过,生命的用途并不在长短,而在我们怎样利用它。在 ICU 期间我想起过我的一个同行,他叫王辉,也是一名眼科医生,在同仁医院工作,可惜,他在三十二岁那年突发心脏骤停去世了。参加他葬礼时,我在他的遗体旁久久地沉默,有一种说不出来的遗憾和心痛,脑子里全是他生平的镜头:他是一个特别开朗风趣的人,参加过北京卫生系统组织的宣讲比赛,台风极好,当时他手里拿着一只小熊,模仿给小朋友看病时的可爱模样,逗得台下的观众哈哈大笑。此刻,一动一静,形成明显的对比,看着平静冰冷地躺在那里的他,我突然觉得生命是如此渺小和脆弱,眨眼间便天人永隔。

那个时候,我希望这世上能有灵魂,希望王辉能以一种我们看不见的形态看到我们,他会欣慰他的一生给他人留下了这么多美好的回忆,有这么多人在为他遗憾和难过。

庄子在妻子死后鼓盆而歌,对他来说,妻子在生之前不存在,死后也不存在,所以生死并无太大区别,所谓"齐死生"。我达不到庄子的境界,但我可以从他的思想里找到一些安慰,人生短短三万多天,大家的结局都是相同的,但过程却完全不同,人在这世上走一遭,过程远远重于结果,而这个过程的意义就取决于自己的价值观。

孔子曰:"朝闻道,夕死可矣。"这个"道"大概就是人生的意义。其实古往今来,东西方无数哲学家、思想家都在不断地追寻人生的意义——人在世上走这么一趟到底是为了什么?怎样过一生才显得更有价值、更有意义?德国哲学家尼采穷尽一生探索答案,但直至最后也未能如愿。

老子在《道德经》的开篇就说:"道可道,非常道;名可名,非常名。无名,天地之始;有名,万物之母。故常无欲,以观其妙;常有欲,以观其徼。此两者,同出而异名,同谓之玄,玄之又玄,众妙之门。"他认为,道即宇宙循环的规律,名不过是人为万物的命名而已。从地球向外无限望去,太阳系、银河系,还有几亿个比银河系更大的星系与星云,根本没有尽头;从一滴水望进去,有细菌、单核细胞、细胞核、DNA分子、电子……也没有尽头。

整个世界是一个巨大的无限生命体,所谓"一沙一世界""六合如尘埃"大概就是这个意思。所以,死亡可怕吗?并不可怕。作为尘埃的我们有幸来此世间走一遭,重要的是你的过程和感受。

对我来说,我的"道"就是我的事业,我热爱它,它也能给我带来愉悦和价值感。人生的意义是难以找到精准答案的，既然这个问题是无解的，那不如与自己和解，在我们的有生之年，从事自己热爱的事业，和自己喜欢的人在一起，大概就是活着的意义。

很庆幸，我找到了我热爱的事业，我把它当作我的信仰，从中找到我的快乐。

有一个记者问我，假如你的生命只有七天，你会如何度过？我想，我会选择读书，读哲学书。

之所以有这个答案，是因为我的一位患者。她姓耿，2003年非典期间，我在人民医院白塔寺院区认识了她，那时她刚刚考上北京的大学，却因为1型糖尿病眼睛出现了问题。那段时间她病情较为严重，住在医院里靠药物和仪器来维持自己的生命。有一天我看到她在楼道里看书，就很好奇地问："你眼睛都这样了，还读什么书？"她笑了笑说："读书会让我放松，忘记一些痛苦。"此后没几天，她就去世了。

她的离开给了我很大的触动，那时我也不过二十多岁，感觉人生才刚刚开始，而她就这样骤然离去了。在别人眼中，她实在太不幸了，可是在她自己心中呢，我不敢确定。我觉得人生的价值不在于别人的评价，而在于自己的接纳。我之所以想读哲学书，是因为哲学会给我力量，让我对很多东西有了不同的理解。在生命结束之前，我想更多地理解这个世界,坦然地接纳自己的离开。至于死后,我的葬礼如何,埋在哪里,别人如何评说,都不重要了,重要的是,我觉得我活得值即可。

痛与希望

医院的大门敞开,
有身患重疾的老者,
也有哇哇啼哭的婴孩,
他们经过了彻夜排队的等待;
就诊大厅里,
灯光明亮,
志愿者,
提供着面包和牛奶;
这栋大楼,
充满了细菌、病毒,
还有射线,
每一个走廊的尽头,
都是冰冷的角落;
角落里,

/ 目光 /

一位白发苍苍的老人,
推着轮椅,
因为接老伴儿出院,
他的脸上露出微笑;
抢救室外,
撕心裂肺的哭声传来,
因为突发的灾难,
夺走了她的挚爱;
逝者的角膜被捐献,
移植术后,
两个孩子,
重新看见花朵的鲜艳;
手术中,随时会出现意外,
家属等待的过程,痛苦难耐;
但我们不要忽略,长情的陪伴,
无影灯下,废寝忘食的医生,也有他们的家人在期盼;
疾病的折磨实在无法忍受,
祈祷疾病能被完全治愈;
我们想尽办法,
但疾病有时被治愈,常常是帮助,总是在安慰;

03 一个医生的生死观

药物的说明书长篇累牍,
副作用的描述让我恐惧,
我们总是在利弊权衡下,
科学地使用药物,
焦虑、烦躁、绝望,
痛苦积聚,汇集成黑暗;
面对、解决、放下,
翻开黑暗,是希望与爱。

04

热爱,自有万钧之力

这里充满着病痛、难过和焦虑,
但这里也同样生长着爱和希望。

/ 目 光 /

二十多年来,我只从事过医生这一份工作,我一大半的时间都是在医院度过的。我有时也会好奇,从事别的工作是什么样子,他们会有什么烦恼或者喜悦?是什么让他们每天充满热情地投入这个城市,会和我一样吗?

如同我对别的工作的好奇,周边的人对医生这个职业也充满好奇,好像穿上白大褂、戴上口罩的我们就变成了另一个神秘物种。李润总是问我,你每天都干些什么,有什么有趣的事。我总是哭笑不得,不知如何回答。

其实,医生大多数时间都是在不断地重复相同的工作——坐诊,做手术,巡查病房,回答问题——其实和多数人的工作没有什么太大不同,只是多数工作都会有一个接触圈,日常接触的人都在同一个领域,而医生不同,凡是人就会生病,所以医生会接触到各式各样的人。从医二十多年,粗略估计,我看过的病人应该有十万人了,其中的绝大多数我都已记不太清,我治疗了他们,他们也成就了我。

04 热爱，自有万钧之力

电视中总会把医院场景拍得特别美，医护人员都是俊男美女，精神抖擞，实际上大家都去过医院，大多数医院的办公环境非常老旧，人头攒动，声音嘈杂，像一个逃难的火车站。

医院对于大多数人来说都是一个不好的地方，这里充满着病痛、难过和焦虑，但这里也同样生长着爱和希望。医院是一个社会的缩影，也是人性的放大镜，这里有很多让人心痛难忍的悲剧，也有很多可歌可泣的动人故事。

每个人在疾病面前都是平等的，没有谁能代替谁去承担病痛，在健康面前，所有的金钱名利、社会地位都要往后站，所以，有时我感觉自己像一个记者——透过疾病去了解一个人，透过一个人去观察一个群体和社会。

我见过太多因工作忙碌到没有时间休息的人，然而当疾病来临时，所有的忙碌都不得不停下来，这就是疾病的威力。就像这次疫情，瞬间让整个世界都缓了下来，大家不得不面对一个问题——原来所有的理想与抱负在健康前面都是那么脆弱，我们大多数人都拥有着一笔可观的财富，那就是健康的身体。

我曾经在医院见过一个妻子得了绝症的男人，当医院宣布彻底没有希望的时候，男人崩溃了，他从包里掏出一沓一沓的钞票抛散到楼道，发疯似的哭喊道："钱有什么用？都

/ 目光 /

是因为钱,让我家破人亡!"那一刻周围所有的人都沉默了,静静地看着他,但又无能为力。我想所有看见这一幕的人都会被深深触动:钱和健康到底哪个更加重要?

我也见过深夜赶到医院急诊的农民工,病重得很厉害,他本身就有高血压,不能太过劳碌,当我和他说要多休息时,他跟我说:"没办法啊,我休息了我家人就没饭吃了,我的孩子就没学上了。"我说:"那你也不能牺牲健康去赚钱啊。"他沉默了一会儿,回复我说:"医生啊,如果我拿身体能换家人衣食无忧,那我换。"当时,我真的无言以对。所以健康和爱比起来,哪个更重要呢?

医生就是这样一个角色,我们总能看到人世间太多令人动容的故事,其实也正是因为这种经历,大多数医生都将物质看得比较淡。有记者报道我给患者捐钱,其实,大多数医生都会这么做,因为我们接触到的是和生命相关的事情,在生命面前,其他一切都显得不那么重要了。

做医生是非常辛苦的,尤其是刚从业的年轻医生,技术和能力还没有那么成熟,面对复杂的病症会感到焦虑和害怕;再者,年轻医生往往不被患者信任;门诊量大,还要值夜班、查病房,常年无休,在这样的重压下,收入却很微薄,和从

04 热爱，自有万钧之力

事其他工作的同学相比，内心的冲击和落差感可想而知。所以很多年轻医生往往在这个时候选择了放弃。我们现在的社会环境对年轻医生是苛刻的。

我记得自己刚从医时，受过太多患者的质疑，太过年轻导致的不信任感，让他们即便是一个小病也会反复提出疑问，或者用从别处听来的意见考问我，若是严重一点的病，那直接就不找我看了。

所以我很能理解刚从医的年轻医生的处境，在这样的环境下，他们容易产生更大的自我怀疑，这个时候若是出现一点失误，更会让他们陷入一种常人无法想象的压力中。

美剧 *The Good Doctor* 里就有这样一幕：一个年轻医生接诊的患者最终抢救无效去世，年轻医生自此陷入一种无比自责的情绪中，从而产生了巨大的心理阴影，甚至让他无法再继续从医。

现实中，几乎所有的年轻医生都会遇到这种情况——第一次面对自己无法治愈的病症，第一次眼睁睁看着患者在自己面前不治而亡——这是其他职业无法想象的无助和自责。即便这和医生无关，但年轻医生还是会不断地回顾自己的治疗过程，不断地暗示自己，如果当时这么处理，会不会有不同的结果？

/ 目光 /

但生命不是一项试验,从来没有推翻重来的机会,那么也就要求医生必须拥有强大的心理素质和正向的自我解惑能力。我曾经问过一个朋友:"如果你需要做手术,你会选择年轻医生吗?"他说:"当然不会。"我又问:"如果人人都不选择年轻医生,哪里来的老医生呢?"他想了半天,才感慨道:"是啊,老医生也都是从年轻医生过来的。"

所以我也经常鼓励年轻医生,我想让他们胆子大一点,脸皮厚一点,但心要细一点,只有这样才能在这条路上走下去。我也想呼吁社会给予年轻医生多一些机会,多一些理解,他们需要被肯定和鼓励,也需要成长和积累。希望年轻的医生不要轻易放弃,想学医的孩子不要被困难吓倒,医生是极有价值感的职业,值得你们加入进来。

相比其他工作来说,医生的价值感来得特别直接,一个病人在自己的手里康复,这种价值感比任何荣誉和金钱都更珍贵。很多从事商业工作的人经常和我说,不知道自己每天忙碌的意义是什么,感觉自己像公司的一台赚钱机器,即便自己离开也对公司毫无影响,完全找不到自己的价值。

我以前不明白这是一种什么感受,现在我懂了。就像我的工作,真的单单是为了赚钱吗?随着年龄的增长,我越来越觉得这份职业于我而言脱离了金钱的束缚。我越来越觉得穿名牌、吃大餐、开好车、住豪宅这种生活没什么意义,穿得得体舒服,有一个温暖的家,能吃到街边美食一样可以过得很开心,而工作带给我的价值感,却是这些物质的东西所无法取代的。

通过自己的能力和选择,打败病魔,拯救一个人的身体,挽救一个家庭,这种价值感是无与伦比的。我特别喜欢参加医疗公益活动,走进偏远山区为那些贫苦百姓看病。他们的病往往并不严重,但因为没有钱和相应的医疗条件而耽搁了,公益活动无关金钱,就是单纯地为他们看病。当患者在我手里重见光明,他们脸上激动的表情会让我忘掉所有的困难。

除了医生,医院里的护士、行政人员、后勤人员、科研人员以及看护人员、志愿者等等,我相信每一个在医院工作的人,内心都会有大爱。

有人说,医院里的人见惯生死,早已变得冷漠无情,其实不然,正是因为见惯了生死,我们才更加看淡一些表象的东西,而生命才显得更加可贵。

这次我遭遇意外,除了救治我的医生外,还有好多名护士在照看我,她们大多是年轻的女孩子,也和其他女孩一样

/目光/

爱美,但选择了这行后,她们终年穿着白大褂,戴着厚厚的口罩和护士帽,不能化妆,不能穿漂亮的衣服。她们与细菌为伍,日夜颠倒,照顾着各种老弱病残者,有时候还会遭到刁难和打骂,收入却很微薄,然而她们始终坚守在这里,她们图什么?

其实很大程度上也是来源于价值感。平时我常和护士们聊天,其实她们自己并没有察觉,她们的话题多数时候是围绕着患者的,虽然也会抱怨辛苦,埋怨患者不理解、难伺候,但患者一旦出现什么问题,她们会第一时间放下一切冲上去。

这帮女孩,平时嘻嘻哈哈,其实内心都有一股侠气,这次疫情爆发后,看到那么多年轻的小女孩一个个主动请战上阵,那个场面真的让我更加确信,这些90后、00后的年轻医者并不像大家想象中的那么娇贵,他们依然像我们这批人一样拥有着火一样的从医信念。

很多人觉得从医的人会有洁癖,事实上完全不是这样,因为从医者根本没有那么多时间去讲究这些。他们普遍都利落干脆、雷厉风行,和疾病长时间的斗争让他们养成了像战士一般的行事风格,这也是为什么好多患者觉得医护人员没有耐心,其实他们是想用最简单、最有效的方法提升治愈的

04 热爱，自有万钧之力

效率，在繁忙嘈杂的医院里，没有这份果断是很难给患者安全感的。

医生的家庭会格外忙碌，如果夫妻中有一方是从医的，那么另一方基本就要承担起家里的所有事情了；如果双方都是从医者，那么家，基本就变成了宿舍。我身边的好多同事都是这样的情况，家里的大小事情，老人孩子，他们根本无暇照料，因此丧失了很多普通家庭应有的天伦之乐。

所以从医者的家人们也很伟大，正是因为有这些背后的支持，医者才能专心地投入事业中。疫情期间，每每看到那些前线医生的孩子们表达对父母的想念，总让我内心特别愧疚——这些年，我亏欠家人的实在太多太多。

每个人都有自己的事业，都在自己的岗位上努力着，为了背后的家人，为了自己的梦想。医生并没有那么伟大，但医生这份职业却值得被尊重——医生自己对这份职业的尊重，会让自己的从医之路更加坚定；外界对医生的尊重，会让医者之路更加宽广。

05
所谓少年气

世界如此美好,值得我走这一遭。

/ 目光 /

在接受完鲁豫的采访后,鲁豫对我的评价是,身上有股四十岁的人少有的"少年气",也有媒体说我是一个医学领域的理想主义者,我微博的粉丝们更是亲切地称我为"陶三岁",好像在很多人眼里,我就像一个小孩。一方面是朋友们的过度宠爱,对此我有些受宠若惊;另一方面,或许是因为我身上真的有一颗童心吧。

童心是什么?像孩子一样天真?面对伤痛,哭过以后就忘记了?我想并不是,很多人一生都难以走出童年留下的阴影。像孩子一样善良?然而人性本善还是人性本恶,本就是一个难解的悖论。一个不受任何教育和约束的孩子,他能否真的保持善良,像其他孩子一样乐观?也不一定,很多孩子天性就比较内向胆小。

于我而言,童心大概就是对世界万物充满好奇,遵循自己的内心去做事,容易在一些小事上找到快乐,不会长时间陷入一种忧郁的情绪中。

05 所谓少年气

好奇心是人类与生俱来的一种能力，如果没有好奇心和纯粹的求知欲为动力，就不可能产生那些对人类和社会具有巨大价值的发明创造。好奇心对于一个人一生的成长都相当重要，只是有些人在长大的过程中慢慢遗失了这个天性。

很庆幸，至今我依然对这个世界充满热爱与好奇。

记得很小的时候，父亲带我回乡下的奶奶家，夏天吃过晚饭后，我们总是会搬把小椅子坐在院里乘凉，慵懒夏夜，萤舞蝉鸣，星空浩瀚无垠。奶奶会告诉我，月亮上面住着嫦娥，还有陪她的玉兔；北边最亮的那颗星是北斗星，若是走夜路的人辨不清方向，找到它就能找到家。

我望着星空，总觉得宇宙太过神奇，一定还有很多同我们一样的生物存活在某一颗小小的星星上，此刻他是否也在看着我？奶奶总是很有耐心地回答我不断的追问，问到她实在答不上来的问题，她便摸摸我的头："奶奶也不知道，你要好好读书，就知道了。"

在从医之后，我曾经研究过人类好奇心的课题，发现五岁之前，是孩子保持与培养好奇心的关键时期。在不会说话时，孩子就对他眼前的事物有着天生的认知好奇，他会用"咿咿呀呀"的声音向大人询问，如果大人能耐心地与他互动，那么孩子就会不断地学习；如果大人置之不理，慢慢地孩子便也不再询问。可见好奇心是完全可以后天培养的。

不难发现，越是博学的人越是虚心，越虚心的人也越容易对未知的东西产生好奇，这就是伊恩·莱斯利所说的"知识缺口"——一个人对一项事物越是了解，越容易产生好奇。比如说，你若是和一个不懂艺术的人聊毕加索、达·芬奇，他会完全没有兴趣，反而与懂的人讨论才会乐此不疲，从而产生强大的愉悦感。

简单的快乐，这大概是所有成年人都梦想拥有的东西，现实中多是懂得很多道理却依然过不好一生的人。在我看来，很多人之所以不快乐，是因为他们不知道自己真正的兴趣点是什么，所谓的兴趣也停留在最初级的需求上。

兴趣点和好奇心一样，是可以培养的，它们共同的基础就是知识的累积。互联网时代，好像每个人都可以轻易地找到自己感兴趣的东西，按此逻辑，人们应该比之前更快乐，然而恰恰相反，一项研究表明，越是信息发达的地区，患抑郁症的比例越高，这就是所谓的"数字鸿沟"。

人类大脑的基础作用是为生存而思考，当生存问题得以解决，大脑会习惯性偷懒，人们更愿意去关注一些不费脑子的东西，没有通过思考去满足的需求，就很难得到长久的愉悦。

05 所谓少年气

喜欢读书，喜欢探索，喜欢和不同领域的人，包括我的患者朋友们聊天，都让我可以不断地满足新产生的知识缺口，从而获得快乐。曾经，我的快乐是治愈患者，当一个患者因我而重拾光明，那种快乐非常直接；后来我开始想通过科研去创造一项技术或者药品以造福更多人，将自己的价值最大化，这种快乐更加持久。现在我突然觉得，读到一本有趣的书，听到一句有启发性的话，甚至和一个能有思想碰撞的人聊天，都是非常值得开心的事儿。简单的快乐源于精神，源于对这个世界更多元的理解。

而遵循内心，也并不是自私自我、不管不顾做自己，在我看来，更多的是指永葆初心。我们太容易在浮躁的现实生活中迷失，被金钱名利、道义伦理、社会法则所左右，试问，你是否能坚持做一个善良、正直的人？是否能坚持自己的兴趣不受其成败得失影响？是否能坚持去思考如何成为一个有价值的人？想来，鲜少有人敢轻易给出肯定答案。

善良，是需要坚守的，而读过的万卷书、行过的万里路，正是自己可以坚守善良的基石。

我的母亲作为一名家庭妇女，闲暇时间总会看一些军事频道或者相关书籍。这个爱好看起来对她的生活毫无价值，但她非常热衷，无关功利，更无关他人评说，仅仅是满足她自己的

/ 目光 /

内心世界。受此影响，我一直觉得能遵从自己的内心喜好从而获得愉悦，这极其可贵。医学对我来说也是如此。学生时期，我经常在周末的大清早乘坐两个小时的公交车去郊外的屠宰场买猪眼，也时常一个人深夜在试验室就着一盏白炽灯做试验，或躺在床上研究一些别人看起来枯燥无味的学术理论，这些经历的确很孤独，但我却十足开心。

人如果能找到一份自己热爱的爱好，并能独自享受，真是一份难能可贵的幸福。

可能每个人在深夜都或多或少会去思考人生的价值。人生的长度是我们无法改变的，可是宽度却掌握在自己的手里，如果想死而无憾，想必是回顾自己的一生，过得足够值得。

好奇心、简单的快乐、遵循内心这三点，造就了我在别人眼中的童心，是它让我在遭遇这次劫难后轻松地走了出来，真是值得感恩。朋友问我，如果用一种动物形容你，你觉得会是什么。我脱口而出："海豚。"2012年的时候，我有幸到北京海洋馆为海豚治眼睛，那是我第一次近距离接触这个有灵性的生物，它那双圆月般的瞳孔，瞬间打动了我。

四十不惑，听起来那般成熟，但我仍然觉得自己还是一个年轻人，满腔的热血在我每天穿梭的病患拥挤的医院里沸腾着。

有时忙碌完一天,在深夜走出医院大门的时候,我还会仰头望向天空,若是天气好还能看到满天繁星,我会想到儿时在奶奶家院子里的心情——世界如此美好,值得我走这一遭。

仰望星空,脚踏实地,心怀美好愿景,一步步向前走吧。

旅行

生命是一场旅行,

一路都是风景,

有时也会遇到泥泞,

但更多的时候繁花似锦,

有时欣喜,

有时也会寂寞到像鸵鸟一样把头埋在泥里,

看待景致,总是用眼睛,

你看,暴风雨洗礼过后,绿草茵茵,

懂得兼容,

懂得万物和生命的含义;

生命是一场旅行,

一路收获友情,

携手攀过高山,

/ 目光 /

并肩越过大河，
将爽朗的欢笑洒遍大地，
就算偶尔孤身一人，
背着行囊，
也要看遍乌云散尽后的美丽；
生命是一场旅行，
一路寻找价值和意义，
鲜血涂满荆棘，
白雪覆盖山顶，
总是抬头仰望星空，
却无暇顾及每一个脚印，
何不燃起一堆篝火，
在丛林深处，
驱散湿漉漉的瘴气，
看白色的烟雾升起，
享受这一刻难得的宁静。

06

苍生大医

我走的路没有那么容易,
我要打的仗不是一场攻坚战,
而是面对内心那点点滴滴的退缩和怀疑。

/ 目光 /

我好像注定就是要从医的。

童年的时候,小伙伴们一起追着看武侠剧,他们对武功盖世、正义凛然的大侠们仰慕不已,而我却对里面的医师们念念不忘。记得《神雕侠侣》中,杨过和小龙女身中情花之毒,为此小龙女不惜自己跳崖以救杨过,那时我多么希望有一个人能解情花之毒,不至于让他们生离死别。我想,如果《雪山飞狐》里的药王能出现就好了,他精通药理,能治百病,一定能解情花之毒。我便学着他的样子,把家里面能找到的药倒出来配制,什么香砂养胃丸、利福平眼药水、感冒冲剂、三黄片等,幻想能配出一个百毒不侵的药。我把它们捣碎,又加入了一些我们当地长的甘草和竹根七,加上水混合,然后放在火上烤,冷却后把盖子封上,在泥里埋了一个月,结果变成一瓶黑黑的黏稠液体。我着实没胆量喝下去,犹豫了很久,想喂给鸡,结果鸡也不喝。于是我就把它倒在我家门口的一株文竹盆里,想仔细观察它会有什么变化,结果一周后，文竹死了。

文竹是死了，但我对医药配制的热情并没有消退，反倒越发高涨。我开始对一些民间的小偏方感兴趣。我们班里有一名同学患有癫痫，我按照偏方的指引，挖出几条蚯蚓混合玉米粒将其捣碎，混上白矾，然后用开水冲开便让他喝。一开始他死活不喝，在我的反复游说下才小小地喝了一口。当晚，他家的大人们跑来我家理论，父母将我一顿教训。母亲说不能信这些偏方，你若想学医便要好好学习才能真正地治病救人。

这些事过去了很久，但我仍然记忆深刻，现在想来有几分可笑，但也许就是从那时起，我心里埋下了对医学的兴趣。小时候，我身体弱，经常生病，所以时不时就要去医院，每每去医院闻到那股清新的消毒水味，看到红十字标，以及那些行色匆匆穿着白大褂的医护人员，总会肃然起敬。每一个来医院的人，都有各种各样的痛苦，这里就像那些大侠身负重伤后能出现生命转机的地方，是他们的希望。

小时候我有支气管炎，很痛苦，一犯病母亲就会带我到医院打针。那时我挺勇敢的，心里虽然怕得要死，但表面上绝对不会哭喊，我知道医生是在救我。有一次我打青霉素过

/ 目光 /

敏,头晕目眩,感觉就像武侠片里中毒的人一般,医生紧急为我注射了肾上腺素和地塞米松,那时我就惊叹医药真是太神奇了,它会让人康复,也会让人"中毒",这其中的玄妙要多么厉害的人才能掌握。

在我十岁的时候,母亲带我去省城南昌的大医院看眼睛。母亲的沙眼是多年顽疾,眼睛经常是红彤彤的,总是不断地流泪。之前家里贫困,她总是忍着,不舒服的时候就点一点眼药水,因为怕传染我们,所以她的毛巾、枕巾从来都和我们用的单独隔离。

去了医院后,我看到医生给她的眼睛上点了麻药,然后用很细的一根针挑眼睛上的小白点,一个一个地挑出好多白色的沙粒,而且那个沙粒很大,我看到它就有种眼睛发涩的感觉。我对这位医生涌出无限崇敬,这些沙粒困扰了母亲十几年,在他的手里就这么轻易地解决了,以后母亲的眼睛就再也不会疼了。

给母亲治疗后,医生又拿出一根很细的针管,对我说:"小朋友,你的眼睛是不是经常干干的,那是你流眼泪的泪腺堵住了,叔叔给你通一通好不好?"其实我当时根本不知道什么是泪腺,但看了他对母亲的治疗后我完全信任地点了点头。

通泪腺是拿针管插到内眼角内用水冲刷,然后会从鼻子里冒水，非常难受，但我硬挺着没有叫。结束后，医生和护士纷纷表扬我勇敢。似乎从那时起，我对眼科就有了一个非常深刻的印象，所以在我高考报志愿的时候，我几乎是毫不犹豫地报考了北京医科大学。

当时父母并不支持，可能是我姑姑和姑夫从医，他们了解医生的艰辛，所以希望我能选择一个相对轻松的邮电专业。20世纪90年代，正是家装电话机的高峰期，邮电行业欣欣向荣，从事这个职业在父母眼里又体面又轻松，不像医生那般没日没夜地辛苦。

我向来是一个乖巧听话的孩子，唯独在这件事上，我特别固执，填完志愿才告诉他们我还是坚持了自己的选择。父亲叹了口气，半晌语重心长地说了一句："学医也不是不好，但你要做好心理准备，学医要比其他专业辛苦得多，本科就要读五年，学出来也不一定能成为一个好医生，还要读研读博，你可有的熬啊。"那时的我年少气盛，对父亲说："您放心，我一定读个博士回来。"

"岁寒，然后知松柏之后凋也。"原本以为跨越高考，大学生活会轻松一些，真正开学后我才知道相比高考，学医之路更加漫长艰难。在江西时我的成绩名列前茅，来了北京

/ 目光 /

才知道山外有山、人外有人,我的同学一半是北京的,一半是同我一样来自天南海北的。大家一个比一个优秀,相比起来,我普通得像扔在海滩上的一粒沙。

自卑激发了我的自尊心,我暗暗给自己打气,绝对不能沦为沙粒。

那时我的普通话不标准,我就早上起来读报纸,听广播,认真练;英文口语不好,我就加入一些英文小组,厚着脸皮开口说话;北京的同学见多识广,和他们聊天总会显得自己才疏学浅,于是我尽可能多地和他们讨论、学习。

北大医学部离北大未名湖不远,我经常没事儿就去湖边走一走,高大的博雅塔屹立在那里近百年,多少伟大的科学家、哲学家、诗人、作家从这里诞生,它见证了中国学术界的成长与繁荣,也象征着无论经历多么大的风雨,知识高塔都是不会倒下的。

从小喜欢看书的习惯让我业余时间基本都泡在图书馆里,"知之者不如好之者,好之者不如乐之者",在读书中我感觉很轻松。心情好时我会读一些专业方面的书,心情不好时就看一些哲学的书,感觉读好书的过程像在与一个个大师沟通,眼界、心胸会开阔很多。

大学七十四门功课,远比想象中难太多。第一学期考试,我的成绩并不理想，在高中时排名靠前惯了，一下子非常不适应，大学也不再单单以成绩来衡量人，反倒让我更加失落。很多同学开始了丰富的大学生活，各种活动数不清。而身处其中的我却十分迷茫，我不知道自己的理想是否能实现，如果我也就此撒手，毕业后也能混个普通的工作，然后一辈子将碌碌无为。想到此，我便后背发凉，和父亲说出的豪言还记忆犹新，我果然是个庸才。

事实上，学医路上需要克服的更多的是医学课程学习中的枯燥。如果不是身边经常有亲戚或朋友生病，时常警醒我学医的初心从来不是为了成绩，而是为了治病救人，保不齐我也会半途而废。

我开始重新认识医学那些生涩难懂的知识，它们不是停留在书面上的文字，而是活生生地存活在我们的身体里，如果我们连自己的身体都不了解，还谈什么改变世界。

此后，我不太关注别人的言论，完全把医学当成一个爱好去探索。有了这样的心态，我发现知识开始变得有趣，每一个知识点不是完全独立的，而是互相关联、影响，就像这个庞大的宇宙。我以结果为导向，深入去挖掘人为什么会产生这样的疾病，身体里的细胞、器官是如何运转，是什么让我们活蹦乱跳，又是什么让我们萎靡不振，包括现下自己的所感所想，也是由大脑皮层的高速运行而产生的反应，这太神奇了！

从那以后，我找到了学医的热情，成绩也随之提升。华罗庚先生曾说过，书开始是越读越厚，慢慢就会越读越薄。开始我并不能理解他的意思，直到自己不断地扎入医学的海洋中才发现，刚开始那些晦涩难懂的知识在真正掌握了以后会变得非常简单。我就像打通了任督二脉一样，可以融会贯通、灵活应用，往往看完一个知识点就能猜到下个知识点是什么，这种发现和成长远比考取一个好看的分数更让我激动。

学医五年，前两年半在学校，后两年半就会跟着老师在医院跟学，真正接触了病人之后，我对医生这个职业才有了真正的认识。

我们所学的知识点远远没有现实的病症复杂，做题、做试验出错了可以再改正，可是面对一个活生生的人，是不容有一丝治疗上的偏差和失误的。我开始对自己曾经的天真感到后怕，看着身边的老师们在复杂的病症面前胸有成竹、泰然自若，我才真正知道，想成为一名医生需要掌握更多的知识和实战经验。

在跟学的两年半时间里，我亲眼见证了太多复杂病症的患者在医生的手里起死回生、康复如初,他们眼中闪现的光叫希望,他们对医生简单的一句感谢,是我见过的最最真挚的感动。

"凡大医治病,必当安神定志,无欲无求,先发大慈恻隐之心,誓愿普救含灵之苦。若有疾厄来求救者,不得问其贵贱贫富,长幼妍媸,怨亲善友,华夷愚智,普同一等,皆如至亲之想。亦不得瞻前顾后,自虑吉凶,护惜身命。见彼苦恼,若己有之,深心凄怆。勿避险巇、昼夜、寒暑、饥渴、疲劳,一心赴救,无作功夫形迹之心。如此可为苍生大医,反此则是含灵巨贼。"我国唐代著名医师孙思邈《大医精诚》里的这段话,让我恍然醒悟,医生这个职业不同于其他职业,从医不仅仅是一份谋生的手段,更多的是一种使命和一份热爱。

2009年我参加的公益医疗队前往江西乐安,为当地患者免费做白内障手术。一个寒冷的清晨,下着毛毛细雨,一队衣着臃肿的老人踏着满地干枯的落叶蹒跚而来。王阿婆走在队伍的最后面,她有严重的驼背,重心前移,使得她每走一步都感觉刹不住地要向前栽倒似的。

看诊后我发现她的眼部情况也很糟糕,她是典型的南方老人的眼睛,深眼窝,小睑裂,而且白内障的程度也特别重。

/目光/

这样的情况，即使搁在北京的大医院里也算绝对的复杂病例。出发的时候老师曾一再告诫，不要惹祸，复杂的不要去碰，因为你很有可能失败。年轻医生做这些复杂的手术风险很大，对专业性和心理承受力要求都非常高，衡量再三，我只能无奈地和当地的联络员说了三个字：做不了。

让我意外的是，联络员开始为阿婆求情，而这是不常有的事情。原来王阿婆的丈夫已经过世十年，五年前，她唯一的儿子也在事故中遇难。阿婆平日里最爱做的事就是拿出丈夫和儿子的黑白照片轻轻抚摸。只是她并不知道，那张照片因为反复摩擦早已经变得模糊。最近，王阿婆肚子里长了个瘤子，她的时间不多了。这次是她唯一一次重获光明的机会。

看着阿婆严重的驼背，我还是有些犹豫。这个时候，王阿婆说了一句话："阿想制件寿衣嘞。"我是江西人，听懂了她的方言，她想给自己做件寿衣。在江西的部分村落有这样一个风俗，人死的时候入殓所穿的寿衣，一定要是自己亲手做的，如果不是，到了那边会见不到自己的家人。

如果对一个老人来说，逝去之后再也见不到自己的家人了，那将是一种怎样绝望的痛苦。

简单的愿望，朴素而真实，我无法再开口拒绝。我决定抛开顾虑为阿婆做手术。为了让驼背的阿婆上半身放平，手术的时候我们帮她找了个半米高的垫子垫着腿，而且破天荒地给她的双眼同时进行了手术。这在眼科手术原则里一般是不允许的，但这一切只为了确保她术后能看得见。半小时后，手术成功，阿婆的视力恢复到0.6，老人很满意，我们也如释重负。

三个月很快就过去了，初春的南方似乎也善解人意，树上冒出不少嫩绿的新芽为我们送行。后来联络员找到我说，王阿婆在手术后的一个星期之后就过世了。那七天里，她逢人就说政府好，脸上洋溢着久违的笑容；那七天里，她给自己做了件寿衣，衣服上特别缝了个口袋，而口袋里，装着的就是那张丈夫和儿子的黑白照片，口袋的开口被缝住了，这样就再也掉不出来了。阿婆请联络员告诉我，这些年，她一个人，什么也看不见，在黑暗中很孤独、很想回家，谢谢我，帮她找到回家的路。

我忽然很庆幸自己当初的选择，作为医生生涯开端的手术，我感受到了专业性之外的东西。医生所能带给病人的希望，不只是解除病痛，还有在生死之间的一种期待。在有生之年能成为一名"苍生大医"是我的人生目标。

/ 目光 /

在本科毕业后我顺利被保送读研，师从姜燕荣教授，两年后读博，师从黎晓新教授。两位教学风格和性格完全不同的老师，却有着特别相同的一个特质，那就是对医学的热爱。

我以为自己已经算是一个医学痴徒，然而我发现她们才能称为"疯魔"。刚刚跟姜燕荣老师的时候，我完全被她的职业精神给吓到了，那时她已年近半百，在很多人眼里，这个年纪已是含饴弄孙的阶段了，然而姜老师终年如一日的时间表是这样的：下午五六点下班，吃饭后睡一觉，然后九十点钟起来继续工作，在凌晨两三点钟再睡一觉，五六点起来在家工作到七点再到医院。在她的身上从来看不到一丝疲倦的痕迹，她的能量就像用不完一样。

她告诫我说，如果你只是把医生当一个赚钱的职业，那你完全没必要干这行，它赚不到多少钱的；如果你把医生当成一个实现你人生价值的路径，那你一定要坚持下去，因为它能给你的价值感远比你想象的更多。

受姜老师潜移默化的影响，我也跟上了她的节奏，这样在朋友眼里就彻底成了"怪物"。有时参加朋友聚会，我还要争分夺秒地在等位时拿出笔记本研究课题，他们都非常不能理解，觉得我这样下去迟早会疯。我只能笑一笑，疲于应付。

诚然，在很多人的眼中，工作只是生活中的一部分，而我，却不知不觉地成为姜老师那样的人，把工作当成了人生的全部。

我的博士生导师黎晓新教授的教学方法和姜燕荣教授完全不同。姜老师几乎每天都会给我打电话，常常一打就是一两个小时，针对我的课题细致入微地讲解与探讨。而黎老师却希望我能更加自主、独立。

有一次在做眼科一个课题的时候，她就说，你为什么一定要固执在眼科的领域呢，眼睛本身就是人体的一部分，你只盯着眼睛，是不可能解决所有问题的。我当时很疑惑，我是学眼科的，我不专注在眼科岂不是混乱了专业？直到后期，我才越来越明白黎老师话里的含义，常规上，我们西医就是头痛医头，脚疼医脚，参照相应的指标对症下药。殊不知人体本身就是一个生态系统，很多病症表面上看是眼睛的问题，实则和全身密不可分，比如眼底的出血和渗出，就可以考虑到患者可能有糖尿病。

黎老师是一个特别敢于突破和创新的人，她一直追踪着全球眼科医学发展的前沿研究，在我国率先开展玻璃体切割手术治疗视网膜脱离、眼部肿瘤的局部放射治疗等新技术。她从不倡导读死书，在她眼里没有什么疗法是百分百不可挑战的,正是她这种永远带着问号的思维影响了我后续的职业发展。她非常注重独立思考的能力,她说,五年前的医学课本现在都全部革新过了,如果永远停留在一个认知上,那么这样的医生最多算个熟练技术工。

"师也者,教之以事而喻诸德也。"姜老师给了我刻苦拼搏的精神,黎老师给了我突破创新的胆识,我在德国留学时的Jonas教授则给了我开放合作的心态。

Jonas教授特别反对闭门造车,这在保守的德国人里实属少见。他很早就和全球各大眼科医院合作,比如和北京同仁医院合作展开北京眼病流行病学调查,发表了很多文章。他一直认为,医学是深邃无底的,需要人类不断地探索与研究,而个人的力量太微小了,只有发挥出团队的力量才能有更大的收获。他的这种精神也让我在后续的医学领域中更加放低姿态,去吸纳更多不同的观点与学识,去组织和利用团队攻克一个个复杂的医学难题。

在德国留学的那一年,我记忆非常深刻,那是我有生之年真正意义上的在异国他乡生活和学习的一段时光。那是2008年,我在德国海德堡大学附属曼海姆医院眼科做访问学者。

紧邻海德堡大学旁边不远的圣山南坡上,就有一条著名的哲学家小径，历史上很多德国的哲学家和艺术家都曾在这里散步，歌德、黑格尔、雅斯贝尔斯就在这里思考过哲学和文学问题。小径不长，也就两公里左右，但是风景极美，可以俯瞰内卡河对岸的海德堡老城风光。小径旁一个花园的门口竖着一只向上平伸的手掌模型，掌心里写着简单的一句话："HEUTE SCHON PHILOSOPHIERT？"直译为"今天哲学了吗？"

我一向对哲学比较感兴趣，所以闲暇时经常过来散步。在德国的那一年我比较孤单，所以也更有时间去思考一些人生问题，我就在想从医到底是解决什么，为什么有些人没有病却活得不快乐，而有些人天生残疾却依然乐观向上。我记得艾兴多尔夫的纪念碑上面刻着他的一首短诗："站到哲学的高度，你就会找到解读世界之符咒！"这句话给了我很大的启发，我希望我能站在更高的角度去看待医学，解析医学。

回国后，我继续留在人民医院做眼科大夫。如果说刚工作那几年我最大的挑战是技术上和经验上的欠缺，那后面随着我接诊的病例越来越多，专业上越来越得心应手，一个更大的挑战却不知不觉摆在了我的面前，那就是与人沟通建立信任。

/目光/

人民医院是北京的老牌三甲医院,全国各地的患者都会涌过来,日常的工作量巨大。在门诊的时候,我一天要看一百多个病案,大大小小的病例背后就是一百多个家庭。有时候医生要解决的不仅仅是疾病的问题,还有很多家庭问题、经济以及工作问题。比如一些吸毒的患者,你明明知道他堕落难救,但还要抱着平常心来对待;比如一些没有收入的贫困人群,有时你实在难以忍心放手不救;比如一些残障人士,你给他治了病,但解决不了他尊严和独立生存的问题;比如一些意外失明的人,你不仅要治疗他的眼睛,还要关注他的内心创伤。

面对人世百态,只恨自己能力实在有限,如果真有再世菩萨可以化解人间疾苦该有多好。只不过我们都是凡人,每天接触各式各样的病人,见证各式各样的生老病死,我内心也会跟着起伏挣扎。在这种常年身心备受折磨的重压下,我的好多同学、同事放弃了这条路,也许很多人认为他们不够坚强,但我很理解他们的选择。

有一次我心情极度低落,就打电话给姜老师,姜老师说:"陶勇,你往一个池塘里扔一块石头,会激起很大的波澜,但你往大海里扔一块石头,你会发现悄无踪影。咱们当医生的,你必须要把心放大,如果你把自己陷入患者的情绪中,你拿什么来治愈他？"姜老师的一席话让我通透了很多。所谓医者仁心，仁心并不是愚人之仁，这需要大智慧去包容世间万象，去化解病痛与苦难。

我的师妹老梁特别喜欢孩子，我们之间无话不谈，经常谈论到从医的方向。她心软，看不了太多悲惨画面，有时候病人和她说起苦难她也会跟着掉眼泪，为此她身心都受到不同程度的影响，直到她亲眼看到了一场医患冲突——医院耳鼻咽喉科的一位大夫被砍伤——这件事给她留下了巨大的阴影，得了创伤后应激障碍，一整年都不好，只要走进医院，看到人头攒动、喧嚣吵闹，她就会血压升高、手抖心慌，后来直接辞职去了美国，五年后回国选择了一家私立医院工作。

私立医院里她的工作清闲规律，接诊的病人往往家庭条件优越，人员相对简单，她做得很开心。她常常劝我，不如和她一样去私立医院，赚钱多还不累。说实话，每次当我心情沮丧的时候我都会很动摇，甚至有一些私立医院通过各种渠道找到我、游说我。

每次在我差一点就动心的时候，我总会想起我那三位老师。他们那个年代，医疗条件更差，他们克服的困难更多，

/目光/

是什么支撑他们走下去的？姜老师和黎老师甚至在退休后，仍然投身医疗事业中，她们把自己的一生都投入医学中，不论成绩，只为热爱。

从医者如果没有这份热爱，是很难成为一个好医生的，如果我现在放弃公立医院去私立医院，接触的病例从数量上和复杂程度上都将大大缩水，我将会拿着一笔丰厚的收入，日复一日地重复着相同的工作，二十年后，我还是这个水平。也许在别人眼里我是成功的，但在我自己心中，这和我的初衷完全背离。

我想起刚踏入医学院校门后，我们一批新生被安排在大礼堂，举起右拳对着医徽庄严宣誓："我志愿献身医学，热爱祖国，忠于人民，恪守医德，尊师守纪，刻苦钻研，孜孜不倦，精益求精，全面发展。我决心竭尽全力除人类之病痛，助健康之完美，维护医术的圣洁和荣誉，救死扶伤，不辞艰辛，执着追求，为祖国医药卫生事业的发展和人类身心健康奋斗终生。"空旷的大礼堂，我们的声音洪亮高昂，内心涌动着一股热血让我们眼眶发热、喉咙发紧。那时我们根本不知道这段誓言的力量，直到现在，我才能真正体会它的内涵。

我走的路没有那么容易，我要打的仗不是一场攻坚战，而是面对内心那点点滴滴的退缩和怀疑。我听过太多伟人的故事,每个伟人都克服过比我更艰难的挑战,而自己面对自己热爱的事业,怎么能这么轻易地认输?

罗曼·罗兰曾说:"最可怕的敌人,就是没有坚强的信念。"泰戈尔说:"上天完全是为了坚强你的意志,才在道路上设下重重的障碍。"这两句耳熟能详的名言,连小学生都能明白,但真正做得到的人又有多少。我是愿意成为碌碌无为的多数人,还是要成为寻找真理的少数人?

生命,在疾病面前没有高低贵贱之分,如果医学沦落为金钱、等级的奴隶,那么我是谁,一个只为养尊处优的医生?我担得起"医生"这两个字吗?那我多年的寒窗苦学,最终只是为"高贵"的人效劳吗?

我在问自己,每天早上我穿过那条挤满患者的医院过道,坐上诊台,我是焦躁的吗?是的。尤其面对一大群患者挤过来问询、插队、吵闹的时候,我完全难以静下心来面对病情,我这种在别人眼里温和内敛的人都忍不住会发脾气。但是,焦躁之下呢,我是不是隐隐还有种价值感——如果有一天,我的诊室面前一个患者都没有,我会多么失落呢。所以潜意识中,我在享受这种被需要的感觉,我之所以在和家人朋友抱怨以后仍能日复一日地坚守在这里,不就是因为这种被需

/目光/

要的感觉吗?

尤其当我开始主攻葡萄膜炎以后,这种感觉更加强烈。

此类病症的患者往往由于身体免疫力低下继而引发眼睛并发症。像一些糖尿病患者、艾滋病患者、白血病患者等,他们这种无法根治的病症也就导致眼睛并发症会不断反复,如此一来就成为长年需要就医的"职业病人"。

这些病人往往家境贫寒,长年就医的他们心理也容易出现各种问题。国内现在主攻这块的医生又非常少,他们四处寻医,渴望得到救治,那种在绝望和希望中不断徘徊的痛苦,常人很难感同身受。

他们从全国各地慕名而来,我无形中成了他们赖以生存的精神支柱,每每看到他们眼神里那股无助的光,再刚强的心也会被柔化。我的每句话对他们来说都至关重要,我就像一个宣布他们刑罚的人,关系到他们的生命。

长期的相处,使我和他们慢慢形成一种复杂的关系,不像医生和患者,也不像家人,有点像一个战壕的战友,而我们共同的敌人就是病魔。如果我放弃了,我会觉得有种背信弃义的感觉。

在我受伤后,我的好多患者朋友放声痛哭,也许别人都无法理解他们与我的感情,只有我懂——如果我就此倒下了，可能也意味着他们的一个希望又破灭了。天赐的爸爸说，他人生中就痛哭过两次，一次是天赐摘除第一只眼球的时候，一次就是我受伤后，他躲在自己物流工作的卫生间里哭了一个下午。还有一位患者的母亲说，她愿意把她的手捐给我，因为在她眼里，我的手就是她孩子的眼睛。

是的，就是因为他们，所以我活过来了。

很多媒体朋友都问我会不会留下什么心理阴影，从此不敢再从医。说到阴影，或多或少会有一些，但从医的心，我反而更加坚定了。正是这次事故让我更看懂了人性，虽然我身处黑暗中，但我的那些患者，他们像一盏盏烛光帮我找到了光明。

他们没有放弃我，我焉能放弃他们。

"无恒德者，不可为医。"我在鬼门关前头徘徊了一圈，当知为医者的艰难与光荣，当我躺在ICU病床上人事不省、昏昏沉沉的时候，是那么多医护同人守在我的身边八个小时把我从死神手里夺了回来。当我看到在武汉前线置生死于不顾、冲锋陷阵的医护同行们的时候，我才发现我并不孤单，原来有那么多和我一样的人热爱着医学，守护着医学。当那么多患者和朋友在微博下面给我留下大段大段感人肺腑的祝

/ 目光 /

福时，我只叹自己何德何能拥有这么多人的关爱。

我救助的是患者，伤害我的也是患者；褒奖我的是患者，诋毁我的也是患者。这听起来很矛盾，但我觉得并不矛盾，只是我曾经对医学的理解不够深刻。

唐代禅宗大师青原行思说参禅的三重境界是：参禅之初，看山是山，看水是水；禅有悟时，看山不是山，看水不是水；禅中彻悟，看山仍然是山，看水仍然是水。

起初我并不太明白，经历了这件事后，我久久地在病床上思考自己从医的初心，忽然想到这段话，发现医学和禅宗有共通之处。起初学医时，我的眼里只有病，看病就是病，找出病因，对症下药；慢慢地，我开始看人，病是一个人身上存在的，它不会无缘无故而来，而是这个人所食所饮、所思所想和所接触的人与事一点点诱发而生，所以不关注人，治病也治不了他的心。就像伤害我的这个人，他需要救治的不仅仅是他的眼睛，还有他的希望。

当疫情全球蔓延，澳大利亚山火、非洲蝗灾席卷而来，你会发现看病看人都太渺小了，人是这个社会的一分子，也是大自然的一分子，当环境变化，病的不仅仅是人，还有我们的家园。

我忽然感觉医学的意义就是去促进平衡。人自身的器官、经络、血液的平衡，各项指标正常，各个功能正常，这是肉体的平衡；人对金钱名利的追逐，对爱恨情仇的纠缠，往往会造成一些心理问题，什么都拥有，但并不快乐，只有身心健康才能感知到幸福，这是内心的平衡。时代在高速发展，人类不断透支和破坏自然环境，从而引发天灾人祸，实则再高超的画家也调不出天空的颜色，再厉害的科技也敌不过自然的力量。人对于自然来说，只不过是小小的生物而已，只有顺应自然、尊重自然、保持平衡才能形成健康的生态圈，这是人与自然的平衡。而医学，如果只关注个体，那么还远远不够，未来医学再发达，也解决不了整体的问题。

天下无盲，这是我的愿望和毕生追求。我相信，这并非一个美好的梦，而是可以通过科技的革新得以实现的。

首先，要开发并推广眼内液检测技术，建立眼科精准医疗理念，降低炎症性眼病的致盲概率。其次，推行检测泪液各项成分的产品，把眼底疾病的精准诊疗扩展到眼表疾病；进而将检验延伸至治疗，将外泌体的治疗规模化和产业化，使带电缓释药物载体的应用落地。再次，通过基因治疗与致盲性遗传眼病和眼底疾病进行抗争。最后，通过脑机接口，将外接摄像头的电子芯片植入大脑的视觉中枢枕叶——以此实现天下无盲的初衷。

/ 目光 /

著名哲学家詹姆斯·卡斯的《有限与无限的游戏》一书说，世界上总共只有两种游戏：一种是有限游戏，因物质而发起的游戏，比如经商、创业、成名、成家，甚至建设一个国家，都是有限游戏；另一种就是无限游戏，是因精神而发起的游戏，比如科学、艺术、宗教等，所有的人不是为了终结游戏，而是为了延续游戏。

有限游戏带给人的是短暂的快乐，而无限游戏却可以持续带给人一种使命感。我对医学的理解就是加入一场无限游戏，我将终身致力于此。未来，我想引入社会公益组织、行业机关、同行、合作伙伴去共同经营这个游戏，构建一个平衡的医疗环境，让医学融入我们的生活中。

医学，博大精深，我现在所挖掘的仅仅是表面一层泥土，其内涵蕴藏着多少宝藏，我们无法想象，但我热爱它，不论结果。就像我们的那些老师、前辈，以及我身后千万的刚刚踏上学医之路的莘莘学子，持续地将这个无限游戏进行下去。

眼中的医学

医学，

是一个孩子，

他的父亲是科学，

他知道，

身体的伤害可以借助科学的帮助，

重新恢复，

利用水分的挥发可以带走热量的原理，

他降低了人体升高的体温，

利用补充维生素的方法，

他治愈败血症的患者，

来自父亲的力量让他变得日渐强大，

使用先进的靶向药物，

恶性肿瘤开始节节败退，

借助核酸检测，

传染性疾病低头认输；

医学，

是一个孩子，

他的母亲是哲学，

/ 目光 /

母亲教他懂得平衡的道理，
母亲让他认识信任的力量，
他领悟了什么是整体，
身体的器官不再割裂，
他意识到什么是循环，
疾病总会被追根溯源，
治疗疾病，
也可以采用文字和语言；
父亲的力量，
让他不断延长人的生命，
母亲的力量，
让人即使死亡也走得安详，
如果只有任何一方，
或者是肉体被治疗的同时，
留下了一个暴戾的灵魂，
或者是肉体不堪疾病的困扰，
早早就被埋葬。

07

1% 的世界有多大

学这么多年医,
不救人,
那还有什么意义。

/ 目光 /

如果把在 ICU 的日子比作狂风暴雨，那么接下来的日子就是严寒冬日——疼痛不再像刚开始那么疯狂，但变得缠绵持久，并且不知道尽头。尤其左手和左臂，因为整个肌腱和神经都被砍断，需要重新缝合新生，摘掉石膏后，整个左手就像握着一块寒冰一般，接踵而至的是超敏感的触觉反应，从左手到臂弯处就像被火烧伤一样，轻微的触碰就如刀割般疼。

我每天都在经历这种痛苦，每周还要去积水潭医院做复健治疗，将新长的瘢痕拉开，以免长死不能动作，这中间的疼痛可以称为极刑。

很多人都说我特别勇敢和坚强，在经历这件事以后，我也发现自己骨子里好像有种不服输的劲儿，越是磨难，我便会越坚强，像水一样，越是挤压，越会迸发出强大的力量。

小时候如果和小伙伴下棋输了，我会一夜都睡不好，在脑子里虚拟演练各种步法，设想如果他这样下，我该如何接，直到第二天一定要赢回来才罢休。后来小伙伴都不爱和我玩了,觉得我输不起。其实我只是不能接受未尽全力的遗憾,如果尽力后依然做不好,那我会平静地选择放弃;如果明明再努努力就能成功的事我却没有去做,那我会很难受。

"过去属于死神,现在属于自己",我发现真正的快乐并不是来源于胜利的那一刻,而是源于那个不断提升和成长的过程。

长大后的我胜负心好像没那么强了,也可以平静地接受游戏的失败,然而对自己在乎的事,我依然有着强烈的斗志与坚持。

在我选择葡萄膜炎这个专业的时候,我就知道这是一块难啃的骨头,但越难我越觉得有挑战性,有意思,有价值感。葡萄膜炎一直是眼科里的冷门领域——患病原因复杂,往往是因为患者的免疫系统发生问题引发的并发病,要深入治疗需要找到致病的本质原因。常规的治疗方法是通过药物进行全面消炎,但药物治疗无法避免使用激素,长期使用激素又会导致患者的其他疾病,目前的医学手段还没办法做到精准治疗——因而这个领域充满了艰难的挑战。

从过程中我却体会到一种乐趣,就像完成一道复杂的、别人不能轻易解出的数学题一样，这种成就感能消化掉面临的困难，激发我的斗志，让我持续性地深挖深钻。

我在带学生的时候总会问他们一个问题：你们到底愿意成为哪一种医疗工作者？如果想成为一个好大夫，就需要把书本里的内容学好，把现有的技术搞清楚、弄明白，沿着老一辈指引的道路兢兢业业地对待每个病例；如果想成为一个好的科研工作者，就需要有勇气去质疑现有的东西，去开创新的技术，思考如何有效地提升现有的医疗水平。

这两者没有高低之分，医学是需要一批人来创造规则的，同样也需要一批人去应用规则，这样才能实现医学的长足发展。

我的兴趣和优势都倾向于后者——成为一个好的科研工作者，葡萄膜炎给我提供了一个推陈出新的机会。

这个领域的患者通常生活条件艰苦，令医生更为棘手的是，眼内发炎的患者往往病变发展速度快，而且病因复杂，治疗上困难和风险都极大。所以专业从事这方面工作的医生数量较少。

全国 48000 名眼科医生，有能力从事这一领域的不过数十位，而专职从事这一领域的只有十数位。葡萄膜炎极为凶险，占致盲原因的第三位，而患有此类疾病的患者占眼科就

07　1% 的世界有多大

诊人数的 1%。无数阻碍横亘在这 1% 的想要得到救助的患者面前，然而就是这 1% 的世界，给过我太多太多的感动。

2011 年 4 月 26 日，小岳岳的妈妈带着他第一次找到我。那时他八岁，我三十一岁。

初次见小岳岳时我正跟着黎晓新教授专攻葡萄膜炎，小岳岳在一年前被诊断为白血病，接受了脐带血干细胞移植手术，术后由于巨细胞病毒引发了眼睛病变，这次来是因为已经有一个月的时间他什么都看不见了。我给他做了初步检测，发现他的眼睛里混浊一片，根本看不见眼底，什么原因造成的都搞不清楚，更别提治疗了。

小岳岳一家是山西阳泉人，他的爸爸是长途客车司机，早出晚归，靠着微薄的收入支撑一家人的生活。他的妈妈是农民，自从小岳岳确诊为白血病后就放弃了农活儿全职陪他看病。小岳岳还有一个姐姐，比他大四岁，母亲全身心照顾儿子，自然也就顾不上女儿，岳岳的姐姐就需要自己照顾自己的生活。

一家原本清贫但幸福的生活被小岳岳突发的疾病完全打破了，从他确诊白血病那天起，岳岳的父母就陷入了一种希望与绝望不断循环的折磨中。

/ 目光 /

岳岳妈妈告诉我,这一年,他们母子不是在医院就是在去医院的路上,看病花光了家里所有的积蓄,还欠了一屁股债,本来做完脐带血手术后家里人稍稍缓了一口气,但没想到噩梦接连袭来。

岳岳的妈妈那时还不到四十岁,但整个人面容憔悴,头发凌乱,身体瘦弱,显得特别苍老。这一年中她经历了太多的痛苦,流过太多的眼泪,她语气平静地问我:"大夫,你就实话告诉我,还能治吗?"

这样的问题,我每天都要回答很多次,我知道自己的一句答案对患者来说意味着什么,我安慰她:"我会尽全力保住你儿子的眼睛,你千万别放弃。"

岳岳妈妈的眼神里闪出一丝光,激动得直向我道谢。

那时的我刚刚提升为副教授和副主任医师,正踌躇满志;再者,之所以选择葡萄膜炎,也是因为希望能挑战一些复杂的案例让自己的工作更有价值。想到我可能是岳岳妈妈最后的希望了,我内心更是暗暗发誓,一定要治好岳岳!

小岳岳特别乖,也特别勇敢,虽然他看不到我,但我能从他的表情中感受到那种求生的力量。他皮肤黑黑的,个子小小的,不怎么爱说话,我带着他进手术室抽取眼内液准备做详细检查。我问他:"待会儿叔叔要往你眼睛里扎针,会有些疼，你能忍吗？"他特别懂事地点了点头，但牵着我的手却攥得紧紧的。

一个普通的八岁孩子，往往打个疫苗都会哭叫，但小岳岳在整个过程中硬是一声没吭。看着他，我心里总有种说不出的心疼。

那时的眼内液检测技术才刚刚试行，机器需要从别的机构借，试剂需要预约订货，因为葡萄膜炎的病因复杂，需要分子实验经验丰富的技术人员才能准确分析出原因，我只能刷脸从中科院请来相关的专家。为了帮岳岳省钱，我自己请专家们吃饭，央求人家免费帮我做分析。

整个过程里我四处求助，所幸听到小岳岳的情况后大家都是二话不说、竭尽全力，可能这是我们从医者的一种不约而同的默契，无需多言——学这么多年医，不救人，那还有什么意义。

一个月后，岳岳的病因终于找到，是非感染性的炎症，用过局部激素后他恢复了视力。岳岳妈妈激动得泣不成声。她告诉我，这一年中她哭过很多回，早已习惯了大夫摇摇头让她回去的场景，每一次她从医院出来给岳岳爸爸打电话，两人都会痛哭，然后彼此劝对方，要不放弃吧，咱不治了。但每次的结果都是——咱们再试一次，如果不行就死心。

病因虽已找到，但治疗仍是一个复杂的过程，葡萄膜炎特别顽固，越是身体差、家庭条件不好的人，越是容易复发，眼睛不断地发炎就需要不断地治疗。

从那以后，岳岳妈妈就开始了带着岳岳由山西往返北京的艰辛之旅。为了节省钱，他们母子要早上四五点起床赶最早的火车，到了北京就立刻赶往医院找到我，如果问题不大，他们就带上药再赶下午五六点的火车回去。

由于岳岳身体抵抗力差，岳岳妈妈一路上都要小心再小心，给孩子穿少了怕感冒，穿多了怕上火，吃的喝的需要从家里消完毒带上，全程又怕感染上别的病菌……实在是常人难以想象的辛苦。若是病情严重需要住院治疗，长则十天半月，短则三五天，除去医药费用，他们能省就省，岳岳妈妈经常在医院走廊、公园里凑合吃住。

我看着于心不忍，能帮的尽量帮，有的病人送来米、油、水果，我就分给他们。无奈我手上的患者大多数都同岳岳的情况是一样的，我有时会特别无助，觉得自己能做的实在太少太少。有些患者千里迢迢赶来，挂不上号找到我，我实在没办法拒绝便只能加号，所以有时看完门诊已经是晚上八九点钟，再去病房查看病人，有的病人睡得早，我还得悄悄叫醒他们，带到办公室给他们看。那段时间，我几乎每天都住

07　1% 的世界有多大

在病房宿舍,和患者同吃同睡。

岳岳和我相熟后话开始多了起来。他对医院的一切都相当熟悉,遇到刚住院的新患者,他还能扮演一个小志愿者,帮他们引路,给他们建议。医院的护士也熟悉了岳岳,很喜欢他,喜欢听他讲故事、说笑话。有时他会跑到护士站看自己的档案,看到高昂的费用他总是难受地叹声说:"家里已经没钱给我看病了。"

因为得病,岳岳比别的小朋友晚了两年上学,九岁时才上一年级,但因为身体免疫力低,遇到刮风下雨、季节变换的时候,他就没法去学校了。若是有别的小朋友感冒了,他也只能在家里自己看书学习。很多次校长都建议岳岳妈妈,别让孩子上了,他自己身体不好,万一出点事,学校也承担不起责任。但岳岳父母没有放弃,她说尽了好话并承诺岳岳无论出什么事都不会怪罪学校。她之所以这样是因为知道岳岳喜欢上学,她私下和我说:"不知道岳岳能活多久,活一天,我们就想让他开心一天。"

可能是老天拿走了岳岳的健康就给了他异于常人的大脑,也可能是岳岳太珍惜能上学的机会,他的成绩特别好,在一年缺课一大半的情况下,数学居然还考了全班第一名,教他的老师们都觉得不可思议。我在病房查房的时候,经常

/ 目光 /

看到岳岳抱着学习点读机在床上认真地学习。

我心里特别佩服这个孩子，有时我会把女儿的玩具带到医院来送给他，但岳岳死活不要，说他已经长大了，不玩玩具了。一个八九岁的孩子能说出这句话，让我心里特别难受，谁愿意长大，只不过是生活所迫。我就给岳岳买了一些科幻书，历史故事，等等，想让他能在学习之外找到一些乐趣。

2015年，小岳岳已经十二岁了，我也三十五岁了。他来找我做第三十四次复查，不知不觉中他长高了许多，已然变成了一个半大小伙子，我逗他时他就不好意思地笑。

他的眼睛随着自身免疫系统越来越差变得更加顽劣，出现了视网膜脱离。儿童视网膜脱离，要做手术很难，若是由炎症引发的儿童视网膜脱离，那就难上加难。视网膜的厚度就如同一张卫生纸，因炎症在表面上形成的膜就像涂在卫生纸上的一层胶水使视网膜皱缩，而我要做的工作就是把表面上的胶去掉，同时不能把卫生纸弄破。

有一段时间，他的眼底视网膜反复脱离，我折腾了三次手术，每次手术都要好几个小时，但手术效果不是很好，我整个人近乎崩溃，有了深深的绝望。于是我找到他们母子，实话告诉他们："我尽力了，但，真的保不住了。"岳岳妈

07 1%的世界有多大

知道我的性格,所以她没有表现得太过失望,她知道,我若说尽力了那就是尽力了。她还不断地向我道谢,然后准备带岳岳离开。我心里特别难过,那种自责与遗憾像一块巨石一样压在我的心头。但是岳岳不动,他坐在椅子上死活不肯起来,低着头,也不说话。

岳岳妈妈拉我出来和我说:"你劝劝他,让他放弃吧。"

我走进去半天都不知道该如何开口。劝一个人放弃光明,这真是太残忍了。这时岳岳突然说话了,他说,自己六岁时诊断出白血病,特别难受,家里人带着他跑遍了各大医院,最后到了北京儿童医院,医生让他隔离治疗,孩子留下,家长回去。那时他爸妈就想放弃了,他不肯,他爸妈说你一个人在医院,不怕吗?他说,怕,但他更想活着。但最终,父母还是把他带回家治疗了,他说那一次他想到了死。此刻,他仰着头看着我:"陶叔叔,你别放弃我,好吗?"

于是我硬着头皮继续做手术,高昂的医药费,艰难的求医路,看不到尽头的磨难,我们所有人的坚持都承担着巨大的压力与痛苦。很多人都劝我,放弃吧,你这样坚持,只会让他家更痛苦。可岳岳爸妈却说,陶主任,只要你觉得有一丝希望,咱砸锅卖铁也治。

七八年间,每年少则两三次,多则几十次的治疗,岳岳

/ 目光 /

母子俩坚持往返北京。岳岳越来越高了,而岳岳妈却越来越老了。有时候她把孩子送进手术室,等我出来后发现她已经在长椅上睡熟了。那个时刻,我真切地被人性的伟大感染,母爱足以让一个平凡的女子变成英雄。她大字不识几个,为了岳岳,骑一个多小时自行车去城里的网吧查资料,还学会了给我写邮件。她把白血病和葡萄膜炎这两个复杂的病症研究得像半个专家。这么多年过去,她已经不仅仅把我当作一个大夫了,我更像她的战友和亲人。她相信我说的所有话,她说最喜欢看我笑,每次带岳岳来复检,如果我看诊完笑了,那是她最开心的时刻;如果我看诊完皱了眉,她会感觉天要塌了。

2019 年 7 月 8 日,岳岳第五十三次复查,这时他已经十六岁了,而我的女儿也八岁了,和岳岳第一次来找我时一样大了。

时间过得好快,匆匆已过近十年,岳岳的两只眼睛前前后后做了十次手术,至于眼睛上扎过的针,少说也有一百次了,他已经完全习惯了这种折磨,手术时从来不做全麻,只做一个局麻,他说比起做脊柱穿刺,眼睛手术的疼根本不算什么。

我带的研究生也都非常敬佩这个小男孩,问他,你不怕吗？岳岳笑得很开心，根本没有回答这个问题，反而把话题岔开说，他爸爸长年跑长途，已经好多年没回家过过年了，他爸说，如果这次手术顺利，他就回来陪他过年。

眼底视网膜在我坚持不懈的努力下终于不再脱离，但反反复复的慢性炎症造成了视网膜钙化。钙化使得本该柔软的视网膜像骨片一样坚硬，最终残留的正常的视网膜就像孤岛一样守护着他仅存的一点视力。

小岳岳看书写字变得越来越困难，手术和药物都失去了作用。他再也不能看书写字了，休学成了必然。我常常想，如果我现在是他，十六岁，人生刚刚开始就要失明，我该如何设想我的未来。我不能接受这个结果。

为了保住他的视力，我不得不寻找另一条路——工程学。也许是冥冥中注定，我无意中认识了从美国留学归国的黄博士和清华大学毕业的宋博士，这让我一下子看到了一线曙光。

我多次跑到他们的试验室参与他们的讨论，他们对小岳岳这个案例非常感兴趣。科学家的热情我是理解的，他们和医生一样，所有的创新都是为了服务大众。白天我们忙工作，晚上我就去他们的办公室，边吃泡面边听他们的技术方案，黑板上画满了我看不懂的符号，但我却一点也不觉得枯燥，

/目光/

我知道这些符号里有让岳岳复明的可能,我也一下子理解了岳岳妈妈——只要医生不放弃,他们就充满斗志。

再后来,澳大利亚留学归国的翁博士和北大的冯博士及Coco也加入了,他们特别热心地和小岳岳父母以及岳岳进行了多次沟通,了解他们的生活状态以及生活场景,希望尽可能地研究出能帮到他生活方方面面的产品。

我和他们一起做了定量反映视觉改善状况的方案,他们很耐心且认真,不厌其烦地测试小岳岳的视觉变化状况,协同研究人员不断地修改方案,改进产品设计。

就在我们所有人即将冲击成功的时刻,我出事了。后来岳岳妈妈说,当知道我出事后,她觉得比听到小岳岳彻底失明都更让她绝望。她连着几宿都睡不好,给我发了短信和邮件,她也知道我看不到,想来医院看望却无奈疫情阻隔无法动身。岳岳知道后,一向性格开朗的他,好多天不说话,不笑。

2020年7月,我已经康复出诊一百多天了,Coco发来了小岳岳重新开始读书写字的照片。经过一年的科技攻关,专门为岳岳设计制作的智能眼镜成形了,岳岳戴上后,可以重新看到书本上的字。岳岳妈妈打电话告诉我,小岳岳第一次戴上智能眼镜就做完了初二考卷上80%的考题。原来他视

07 1% 的世界有多大

力不好的时候，靠着姐姐给他读书，并没有放弃学习。我听了以后难掩开心，告诉他说："等你来北京复查的时候，我送你一盒笔，听你妈妈说，你能看见后太能写字了，特别费笔。"他听了后哈哈大笑，然后说很想念我。

十年过去了，小岳岳长成了大小伙儿，个头和体重都和我差不多了。

十年来，命运对他太过残忍，白血病已经让他难以负重，老天又差点夺走了他的光明。这十年中他从未放弃，在六岁时他就喊出来："我要活着！"而今，他不仅活着，还抢回了光明，学习了知识，收获了希望，我相信未来的他会成为一个更加优秀的人。

每当我想起他，眼前就会浮现出各种画面：他的父亲披星戴月，在寒冬酷暑里开大巴；他的母亲带着他十年如一日地奔赴医院，风餐露宿；他一边忍受着每次手术和治疗的痛苦，一边还要挑灯学习；黄博士、宋博士带领的团队研究出的堆积如山的产品方案……

打开小岳岳的医疗记录，厚厚一大本，一行行的文字，深深浅浅，有些页已经褶皱破烂，想来跟着他们母子一起走过了十年的风雨。这一切逐渐模糊起来，仿佛串成一条绳索，死死拽住了一个快要坠入悬崖的人。我想，小岳岳身上发生

/ 目光 /

的这个奇迹,缘于所有人都没有放弃。

这就是那 1% 的人生,这就是那 1% 的可能。

我永远愿为这 1% 的可能,付出 100% 的努力。

08
暗黑王国的小小人

希望是唯一价廉而有效的可以对抗人间疾苦的方法，它是俘虏的自由，病人的健康，乞丐的财富，极寒中的暖阳。我坚持医学，不仅源于热爱，更是想给更多盲人希望，让那些对我心怀期待的人看到——还有人在为他们而努力。

/ 目光 /

第一次接触盲人还是我童年的时候,那时我们住的都是平房,所以左邻右舍来往亲密。一次,邻居从外面请来一个算命大师给她算命,我们好奇便跑去观看。那个算命大师穿着一件深灰色的长袍,戴着一副黑框墨镜,脖子上还挂着一串长长的佛珠,清瘦苍白,整个模样甚是神秘莫测。

小伙伴悄声告诉我说他是个瞎子,会五行八卦,还会请神捉鬼。我们自然被吓到了,悄悄地挤在一边偷看他的一举一动。大师先是问询了邻居大娘的生辰八字、房屋摆设等问题,后来又用他瘦骨嶙峋的手在大娘的头上、脸上、身上一点点捏下去,边捏边念念有词,大概说的是大娘的命格气数之类。我们看了半响也看不太懂,便又散了。

那时,盲人在我脑海中的概念就是一个神秘的族群,他们因为眼盲便具有不可言说的神秘本领,生活中难以见到他们,也许他们就像武侠小说中描写的一样,是一个神秘教派,修炼某一种神学,居住在某个山里或者寺庙中。母亲却笑着拍我的头，说盲人和我们普通人一样，他们很可怜的。

我对母亲的话半信半疑，便私下拿块黑布蒙住了自己的眼睛，然后在房间里摸索，竖起耳朵听一切声音，用手去触摸我面前的东西，才发觉没有眼睛真的太可怕了，哪里都去不了，什么也看不到，不敢想象如果一辈子都是这样会有多么绝望。

真正接触盲人是在我学医后，那时我才知道我国有五百多万低视力人群，其中全盲占20%左右，盲童有十多万人。这是一个很庞大的数字，只是他们常常深居简出，像海底的沙粒沉没在社会里，大家平时很难接触到他们。

大量的盲人是老年人，由于一些慢性病并发症引发的眼睛病变，比如老年黄斑变性、糖尿病视网膜病变、视网膜静脉阻塞等。也有一些由意外导致失明的普通人，还有一些由病毒感染引发的眼睛感染，如艾滋病、白血病骨髓移植术后等。

可能在很多人眼中，他们非常不幸，但在我真正接触他们以后，才发现他们远比我们想的乐观。对于很多患者来说，眼盲不过是他们挣扎在生死边缘的众多痛苦中的一部分，在求生的本能下，他们比我们健康的人更加珍惜生命。受眼睛的影响，他们接收到的信息远比常人少得多，社会的竞争、人的欲望、情爱的捆绑等对他们来说也远没有常人复杂，所以他们想得简

/目光/

单,活得也简单。

快乐很简单,但要做到简单却很难,盲人比我们更加容易做到简单。

最不幸的,莫过于意外失明的人,世界在一夜之间变成黑暗,从曾经拥有到骤然失去的绝望,这中间的苦楚也只有亲历者才能体会。之前有一位安徽的患者,放爆竹炸伤了眼睛,曾经一切习以为常的事情在失明后都变得那么奢侈,他变得不愿说话,不愿出门,不愿见人,在消沉了很长一段时间后,才又重新找到继续活下去的力量,开始计划自己作为盲人的后半生。

在接触盲人世界近二十年后,我有了一个深刻的体会,不仅仅是盲人,所有的小众群体——其他残疾人,患有某些疾病的人,如艾滋病患者、白血病患者、乙肝患者等——比起同情,他们更需要的是平等,这是一种对尊重的渴求。盲人不愿意大家把他们当作一个无用的、特殊的人去对待,他们同样可以自理,可以学习,可以为社会贡献价值。

我在盲人图书馆遇到过一个工作人员,她就是一名盲人,每天家人会把她送到地铁站,然后她自己搭乘地铁上班,到站后会有同事再把她接到工作的地方,就这么简单的一件事情,让她感到无比满足与幸福。有时候坐地铁时看着地铁里熙熙攘攘的人群,好多人垂头丧气,麻木的脸上见不到一丝光亮,我总会想起她，和这个女孩比起来，他们拥有的已足够多。

在我受伤的那段时间，其实真正让我想开的就是这些患者朋友。有时我很庆幸自己是医生，因为这个职业，我接触到了形形色色的人。人间百态，众生万象，因为疾病汇集到我的面前，透过疾病我了解到了各种各样的人生，能够帮到他们，我感觉特别幸福。

"读万卷书，行万里路，胸中脱去尘浊，自然丘壑内营。"当一个人见识越多，眼界越宽广，心胸就越慈悲。躺在 ICU 的时候，我根本不知道自己会迎来怎样的结果，也许会残疾，也许会死去，那时，一个个鲜活的患者的面容出现在我脑海里。

我想到那些盲童，比如天赐，比如薇薇，他们从幼年时就注定要走一条比常人艰难异常的路，光明一天天在自己的眼里消失。而我比他们要幸运太多，我的上半生如此精彩，走到今天，这么多人在为我的康复努力，我没有理由倒下。人生在世，世事无常，谁也无法把握明天，只有怀揣一颗希望的火种才能照亮迷茫。

2006 年，我们眼科病房里来了个河南农村的小男孩，才两岁，双眼却患有视网膜母细胞瘤，左眼的肿瘤已经长满了整个眼球，为了保住性命，孩子的左眼很快就被摘除了。然而右眼底也有病变，需要持续接受化疗，每两个月就要复查一次。于

/目光/

是孩子白天在我们医院接受化疗,晚上他们父子俩就在北京西站卖报纸,或者他爸当搬运工赚些小费,俩人常常睡在火车站。有一天,我听到同病房的小孩问他:"你家在哪儿呀?"他晃着头发掉光了的大脑袋说道:"我没有家,我爸在哪儿,哪儿就是我的家。"

孩子本来名叫李嘉程,后来他父亲觉得可能是名字起得太大了,孩子才会生病,所以给他改名为李天赐——这个孩子就是上天赐给他们全家最好的礼物。

十年治疗期间,医生和护士一直尽力为天赐节省医疗费用、捐钱捐物。记得有一年冬天,特别冷,我从网上订了五十床被子,天赐爸爸带着天赐,到各个地下通道去发。天赐爸爸说,孩子眼睛不好,我没有别的办法,但是我还是要尽量让他善良。

十年后,天赐的右眼肿瘤无法控制,最终也被摘除了。天赐失明后,天赐爸爸就拿着在我们看来形状完全相同的方块,涂上不同的颜色,让天赐摸,训练他的触觉,慢慢地,天赐完全可以通过抚摸辨别出方块的色彩。

凭借这种触觉和记忆的能力,他又学会了盲文,现在上了当地的盲人学校,父亲也在北京扎根下来,在医院里面做全职护工,一家人的生活走向了正轨。

08 暗黑王国的小小人

薇薇也是在很小的年纪就查出了白血病，为了给她治病，父母卖房子卖家产，家境同样陷入深渊。

但薇薇妈妈也从来没有想过放弃，她用最大的爱给了薇薇希望，陪着她常年辗转于广西与北京之间，她还教薇薇不抱怨生活和社会，要反过来去爱、去拥抱现在拥有的一切。薇薇在爱的包围下活得非常乐观，每次给薇薇做眼睛注射，这件在常人眼里非常恐怖和痛苦的事情，薇薇从不惧怕，甚至还会讲笑话给我们听。

薇薇在眼睛还好的时候喜欢画画，还在一个大赛里获了大奖，奖金五千块，她拿出一千块捐给了天赐，把这份爱传递了下去。后来她眼睛失明，还凭着记忆用彩色橡皮泥给我捏了一条龙，无论造型还是色彩都非常细腻逼真。我惊叹于健全的人都不一定做得出来，难以想象它是出自一个盲童之手。今年六一儿童节时，我在抖音直播间为盲童做了一场公益募捐活动，薇薇还接线进来给观众唱了一首歌。

我热爱她阳光可爱、对生活和未来充满爱的模样。

我曾在吉林白城的一次健康快车公益行活动中，为一个先天白内障的孩子做了手术，他十岁左右，妈妈也是先天性白内障患者。他眼前白茫茫一片无法看清，由于家境贫寒，一直没有医治，直到遇见我们。

/ 目光 /

第二天，把围在他眼前的纱布揭开后，他慢慢地睁开眼睛，就像一个初生的婴儿，眼睛里闪着光。父母的样子他从未看得如此真切，每个人都看着他笑，只有他半张着嘴，完全说不出任何话。

这些发生在我身边的病例，让我亲眼见证了希望和爱于一个人的力量。希望是唯一价廉而有效的可以对抗人间疾苦的方法，它是俘虏的自由，病人的健康，乞丐的财富，极寒中的暖阳。我坚持医学，不仅源于热爱，更是想给更多盲人希望，让那些对我心怀期待的人看到——还有人在为他们而努力。

相比起眼盲，心盲更可怕。现代社会压力重重，很多人在不知不觉中迷失于十字街口。面对事业的受挫、爱情的背叛、财富的崩盘、亲人的离去，就算拥有健全的身体也难免会遭受心理的创伤，有些人因此一蹶不振、自甘堕落，也有人伤痕累累、病入膏肓。

我接触过很多抑郁症患者，他们表面上看起来十分健康，可是内心却沉在一个无底的黑洞中。于他们而言，生活全然没有任何希望，他们失去了感知快乐的能力，就算他们在外人眼里已经很优秀了，拥有着相貌、才华、金钱、名利，可是这些都不能真正带给他们快乐。我很想帮他们，可是凭一己之力很

08 暗黑王国的小小人

难将他们从深渊里拉出来。

有一天我和一个慈善家聊起这个话题,他忽然提议,是否可以在盲童和抑郁症患者间建起互助桥梁:他们一个心盲,一个眼盲,眼盲的孩子心怀阳光,可以照亮那些心盲之人心底的黑暗,而心盲的人可以用他们的眼睛给眼盲的孩子描述一下美好的世界。这个想法一下子让我激动起来,我便和几个抑郁症患者沟通,他们也表现出极大的兴趣。显然,这一举动,点燃了他们的希望。

我始终相信,只要你怀揣希望,死去的意志就会在心里复活。那些在人生路上遗失的去爱去感受的能力,可以用希望将它们再一个个捡回来。无论你眼前是多么黑暗,总要相信,明天一定会来,只是早一点或晚一点而已。

我希望能有更多的人关注这些沉没在人海中的盲人朋友,对他们多一分理解和尊重。他们要的其实并不多,只是能把他们当作一个普通人对待。在过马路时,在坐公交时,在买东西时,一个举手之劳就能将爱传递。我也希望天下无盲的理想能早日实现——用人工眼代替眼睛——那时就不会再有人受黑暗之苦,这是我心中的希望,也是我一路走下去的动力。

/ 目光 /

失明

没有人愿意失去光明,
漆黑一片的世界,
令人发自心底地恐惧;
没有人愿意失去光明,
亲人的笑脸,
只能用手触及,
那是怎样一种绝望的情绪;
没有人愿意失去光明,
因为对于生命而言,
光明就是希望,
拥有超过一切的意义;
光明不仅仅是获取信息的途径,
也可以传递感情,
看见冰雪下的一抹绿,
便知道春天的脚步越来越近。

09
那些不为人知的力量

坚强,不是经受一次打击后站起来,而是经受无数次打击后,还能站起来,仍然微笑着告诉生活,放马过来吧。

/ 目 光 /

6月初的时候,好朋友给我打了一个电话,电话中他大声惊叹:"陶勇,我在东直门桥的大广告牌上看到你了,你现在真红!"我一时间哭笑不得。说实话,我从未想过自己的照片有一天会在广告牌上出现,命运真是神奇,无论你怎么精心布局,事情的走向总会超出你的想象。

这个事件过后,我的生活又恢复到了原来的样子,只是走在路上会忽然被人认出来;或者在医院的时候,会突然有陌生人激动地跑来跟我合影;不时会有陌生的电话打来,邀请我参加一些活动。对此我一直抱着一种顺其自然的心态,不迎合也不抗拒,我知道自己的重心是什么,有意义的事我自然会做,没意义的事我也不会去做。

有时候在家里视频录像或现场直播时,妻子总会提醒我注意一下形象,换件好看的衣服之类的。言语之外的意思我知道,她是希望我把自己当作一个公众人物来对待。

这些我并不拒绝,就算不是公众人物,我也希望自己形象好一些，毕竟一个人，你的外表是展现给别人的第一张名片，随着年龄增长，你的气质、思想、阅历都会在此有所体现。医生每天要接触处在病痛折磨下的人，一个精神的形象也会让患者感受到积极的力量，何况抛开这些，拥有一个好的形象对自己也是一种犒赏。

但"公众人物"这个头衔我实在愧不敢当，我只是希望不要辜负那些喜欢我的人的期望。

这件事之后，我确实有一些变化，接触的圈子变大了。以前在医院接触的人无非就是患者或同行，但现在，开始认识了传媒、文学创作、慈善组织等各行各业的朋友，让我无形中扩大了自己的认知体系。

我本身就是一个喜欢接触新事物的人，因为新事物会给你更多思考的维度，从而让自己变得更包容和立体。这可能与我母亲的影响有关。

母亲虽然没怎么出过远门，但她看过很多书，还会自己去思考和总结，所以虽然身处小地方，但她的思想很开阔。她一直鼓励我多读书，多远行，多去接触不同的人。她认为一个人生活的长度改变不了，但生活的厚度却是可以改变的，用自己的眼睛、耳朵、嘴巴去多看、多听、多沟通，用自己的脚步去丈量这个世界，生活才会更有意义。

/ 目光 /

走出去，世界就在眼前；走不出去，眼前就是世界。

和不同的人沟通、碰撞，使我接触到不同的思想和观点，很多都是值得我去借鉴的宝贵经验。朋友建议我写书，他们觉得我有必要把自己的一些经历和思考写出来，与相对零散的媒体报道相比，书的内容和表达会更加全面完整。

我从不敢以榜样自诩，比我优秀的人太多，值得学习的人也很多，我只是一个普通又平凡的医生而已。不过写书倒是我一直以来的梦想，曾经我以为自己会在老去的时候写下一本书留给我的后辈们作为纪念。此刻，基于这么一个契机，思考良久，我决定完成这本书。

很多人认为这个时代过于浮躁，各种流量明星、网红层出不穷，信息太过碎片化，内容良莠不齐，会让年轻人迷失和怀疑。我倒不这样认为，相比于现在，我感觉曾经的自己就是一只井底之蛙，对世界的了解实在太少。现在的年轻人，可以轻易地找到自己感兴趣的东西，并从中找到快乐和价值感，这其实是时代的进步。

不过任何事物都是有利有弊的，需要我们抱着一种包容、客观的心态去看待。曾经大众接触的信息渠道非常单一，大多也是灌输式输入，就容易形成较为统一的价值标准。而现在不同，同样的事物会有不同渠道、不同角度的观点与看法，

09 那些不为人知的力量

是非观就出现了模糊,也就容易让一部分人迷失。但同时,每个人都拥有了表达自己的机会,也让这个世界更加真实与多元。

随着网络的普及,细分行业的每个领域都会涌现一些有影响力的人,这个时代一夜成名、一夜暴富的事情太多,也就会让人变得浮躁与迷失,所以守住初心至关重要。我相信每个人在童年时都希望自己能成为一个优秀的人、对社会有用的人,只不过在途中经历了太多的挫折,对自己的初心产生了怀疑。我想,之所以我会被这么多人关注,一定是因为大家在我身上看到了他们想要的东西,如果真的是这样,我会非常开心,会觉得自己经历的这一场变故是有价值的。

其实我的很多患者都比我坚强,比如天赐和他爸爸。我们很难想象,一个孩子在两岁被确诊眼底恶性肿瘤后的每一天,都在学着接受自己逐渐变成盲人的事实;也不忍去想一个有着这样病重孩子的家庭,他父母家人其间的挣扎与绝望。

坚强,不是经受一次打击后站起来,而是经受无数次打击后,还能站起来,仍然微笑着告诉生活,放马过来吧。

如果现在见到天赐和他的父亲,你一定想象不到这样开朗乐观的父子俩过去的十几年是怎么度过的。我依然记得第

/目光/

一次见到天赐父亲时，他眼神里的绝望与渴求。

十几年里，他几乎尝尽了生活的苦，在火车站为别人拖行李期间，遭遇过无数白眼和辱骂；在桥洞里睡觉时，经历严寒与酷暑。他和我讲过一件事，他说在火车站时曾被一个地痞欺负，当时那人逗弄天赐，拿出一百块钱让天赐磕头喊爹。

天赐的爸爸本是一个脾气非常好的人，那次直接与地痞干起架来，然而他身体瘦弱，毫无优势，被地痞几下打趴在地。但他不服，一次次爬起来又被揍倒，直到他浑身是血爬不起来，还在大声地吼骂对方，直至警察来才把双方扯开。后来只要天赐爸见到那个地痞，他就高声叫骂。

最后那个地痞终于被折服了，几年后的一天，他特意拿了五百块钱来跟天赐的爸爸真诚地道歉，临走时还对他竖起大拇指。卧病在床的时候，我经常想起这一幕，我觉得自己身上的疼痛就像那个地痞，别看它现在嚣张，总有一天，它会被我战胜。坚持，就是最大的勇敢。

生活中从来不缺少苦难，雪上往往容易加霜，越是艰难可怜的人，越容易得一些重病。我在医院见过太多太多有此经历的人，但你不得不感叹生命力的强大——越是不幸，他们反倒越表现出坚强的意志和对生活的感恩。和他们聊天，在他们话语中听到的不是痛苦和抱怨，更多的是他们感念某某人曾经的帮助，感念某某医生对他们的好，越是不幸的人越能感受到善良的珍贵。

我之所以选择坚守在公立医院，坚持在这个复杂冷门的领域里钻研，很大程度上是因为他们——我舍不得他们，如果我放弃了，感觉是对他们的辜负。有时候，我感觉我不是在救治他们，反而是他们在救治我，在我孤独、迷茫的时候给我力量和希望，如同我对他们那样。

除了天赐父子，我还接触过很多让我刮目相看的患者，比如一些艾滋病患者。他们原本是职场精英，一夜之间被病魔拉入深渊。我见证过他们最低谷的模样，痛哭、失眠、内疚、绝望，过后又一点点爬起来，重新找回自己当初的样子。这个过程漫长且痛苦，但他们走过来了。

还有一位山西的煤矿工人，在一次爆炸事故后，无数煤砟子嵌入皮肤内。隔几个月就要去医院做手术取出皮肤内慢慢浮出的煤砟子。他的双眼也被炸坏了，做过大手术之后，两个眼睛的视力接近 0.02，意外失明给一个人带来的打击，比艾滋病更为致命。

他家境不好，上有老下有小，自己是家里的顶梁柱，但

/目光/

让我惊讶的是,他从来都是一副打不垮的乐观模样。他笑着和我说,自己在老家骑着摩托车满大街跑,肆意畅快地笑得像个孩子。

我觉得没有一个人是十全十美的,身边的每个人都可以成为榜样,他身上一定有你不具备的优点值得去学习。受母亲的影响,我去了很多个国家,接触过各式各样的人,不同的民族,不同的信仰,不同的文化,不同的价值观,让我的眼界更宽,思考也更深,内心也就变得越来越包容。

我觉得做到包容的前提是尊重,尊重是双方能平等地对话,不论是家长和孩子,还是上级和下级,若是一上来就形成了话语的主导权,这样就不是包容。其次是换位思考,我觉得这是一个非常重要的能力,因为一切沟通问题的源头都是无法理解对方的感受,无论从事何种工作,处理何种事情,能换位思考的人往往更优秀。

正是因为这种尊重和包容,我才从不同的人身上学到不同的东西,每个人都是一颗钻石,只是看你有没有发现它的眼睛。

永远不会有十全十美的人,那么为什么还要去完善自己呢,说到底还是要回归到初心上。有一个正向的初心和目的,

09 那些不为人知的力量

就像在大海里航行的轮船找到灯塔一样,会有一个是非对错的标准,会有一个做与不做的准则。

榜样,不光是那些顶着光环的大人物,更多的是我们身边的人。若我们拥有一颗正向的初心,那么就可以从不同的人身上找到装点它的钻石,当你迷茫、脆弱的时候,拿出来看一看,相信,一定会有新的发现。

10
上善若水

相信他人的善与世间的善,
同时保持自己的善。

/目光/

医患关系紧张,也许源头是信任的缺失。

信任,听起来是一个特别简单的词,信任父母,信任伙伴,信任伴侣,信任孩子,信任媒体,信任品牌,等等。每个人都渴望被信任,然而每个人仿佛都经历过信任危机——当自己不被信任时气恼,当别人辜负自己的信任时同样气恼。信任就是在很多次被伤害后,潜移默化地在两颗心之间竖立起一道透明的墙。

由于职业的关系,其实医生是很容易信任患者的。所谓疾不忌医,来找医生求助的患者往往不会隐瞒自己的病情,医生在这种职业惯性下,也就很容易信任他人。我就是个非常典型的例子,有时候会在生活中遇到推销的人,我总能被他们打动,妻子总说我是一个生活中的白痴,对此我倒没有太大挫败感。

也许是因为没有吃过大亏,所以我心里觉得坚持信任他人是我的生活态度,他人欺骗了我是他的品行出了问题,我不能因此而放弃自己认为对的原则，否则损失岂不是更大。为此，妻子没少和我吵，她怕我这种"单纯"终有一天会变成一把砍向我的刀。出事后，妻子倒没有以此事作为凭证追究我轻信他人的代价，但我心里却有了一些动摇，我真的还能坚持无条件地相信他人吗？

信任他人从来都不是易事。一方面这是自己的选择，就像我，我选择相信他人，也愿意坚守这份单纯，因为我一直认为，己所不欲，勿施于人。如果自己不信任他人，又如何期待获得他人的信任？就算在这个过程中，我受到了一些侵害，但我依然坚信利大于弊，至少内心获得安宁与善念。另一方面就是他人是否值得信赖，除了自己的选择外，还需要一份具有智慧的思考，心明眼亮，能有足够的判断力，在面对谎言和骗局时最大限度地辨识和规避风险，并且能在必要的情况下采取相应的措施，防止信任的崩塌。

《老子》所言："上善若水，水善利万物而不争。处众人之所恶，故几于道。居善地，心善渊，与善仁，言善信，政善治，事善能，动善时。夫唯不争，故无尤。"这里看似在讲善，实则是在讲相信——相信他人的善与世间的善，同时保持自己的善。所以我特别厌恶那种利用别人的善良和信

/ 目光 /

任去为恶的人，不仅仅是因为由此产生的一些表象损失，更多的是对整个社会信任体系的侮辱和破坏。

我们医院周边经常会有一些人，通过制造一个悲惨的假象，比如孩子得重病无钱医治，或钱包丢了一时无法看病等，利用别人对他们的同情和信任去行骗，而得到一点小小的利益。我就经常想，如果真的有人发生了这样的不幸，是否还能得到别人的信任和帮助，如果不能，那到底是谁伤害了他。

在生产实习那年，有一天夜里我在儿科病房跟着老师值夜班，突然一个男人抱着一个刚出生没多久的婴儿闯进病房，满脸的焦急与担忧，哭求大夫救救他的孩子。

当时我们的带教老师孙老师二话没说就接过了孩子，孩子全身发黄得像个小铜人，初步判断是重度黄疸。此刻孩子的呼吸已经非常微弱，哭都不会哭了。医生马上抱着孩子冲进抢救室，大家用尽全力还是没能将孩子救活。出来后医生向这个父亲说明了情况，他蹲在地上失声痛哭。

半晌，他立起身，深深地向我们鞠了一躬，抱起孩子转身消失在茫茫夜色里。从头到尾，没有医生让他去急诊挂号，去做检查，按医院的规定，病房是不能接门诊的，尤其是这种急症。这位父亲也没有因为孩子没有抢救过来而质问或怀疑医生，他相信医生已经尽了全力。

这就是信任的力量，也给了我很大的触动，我理想中医患之间的关系就应该是这样——大家彼此信任，共同与病魔做斗争。可现实往往事与愿违。

之前有一位医生在坐火车时碰到有个旅客心脏病突发，形势危急，他立刻展开抢救，但最终旅客还是走了。后来旅客的家属开始和医生纠缠，认为是医生抢救不当害了人，后来又抓住他在外非法行医这个点去打官司，最终结果我不知晓，但想必这个医生被折腾得够呛。

确实，从法律层面上讲，医生是不可以在医院之外的地方行医的。然而听到这个消息的我特别心寒，受这件事的影响，我不知道是否还会有医生在遇到同样突发的事件时，敢英勇地站出来。

原本是彼此信任的医患关系，因为一些负面的个例，让整个大环境变得敏感：为医者不得不小心谨慎，遵循着各项规定办事；为患者不得不到处搜寻、打听，托关系、找门路，生怕被误诊或诓骗。这样也就造成了大量医疗资源的浪费：明明可以靠医生经验判断的病症，为了保险起见，还是要让患者去做大量的检测；明明可以和患者多沟通一些诊后的结果预判，但害怕无法肯定的言语会变成患者偷录下来的投诉证据，只得闭口不言。而患者因为不信任医生，不得不多挂

/ 目光 /

一些医院的号,问遍之后才敢确定哪个医生说得更准确一些。这样下来,恶性循环,医生也累,病人更累。

在我从医的这二十多年间,经历过太多不被患者信任的事情,甚至遭到过恶意投诉或报复。

2013年,我接到一个缺血性视神经水肿的患者,疾病导致她的眼睛有一块阴影,而且她本身患有糖尿病,因而我在治疗时格外谨慎,也反复叮嘱她用药后一定要控制好血糖。做完眼睛注射后,她心情焦虑,总是觉得眼睛肿胀酸痛,于是就跑来质问我。

检查后发现并无异样,但她仍不放心,不断地要求我给她重新治疗。面对她的无理取闹,我毫无办法,只能耐心地给她讲解,但结果是越讲解她越多疑,自己又跑去网上查资料,对自己后续可能产生的病症越发担心。我实在没有办法解决她的心理问题,她便不依不饶地和我纠缠,最后又投诉了我。

这个过程让我心力交瘁,使我对医生这个职业产生了深深的疲惫感。与其他行业不同,在形形色色的患者面前,医生无法选择患者,患者是一个天然弱势群体,相对而言,医生会被认为是强势群体,所以只要到了"评理"的地步,医生会自然地被放在过错方进行审判。

我和一个老同事聊起了此事,她没有给我正面回答,而是讲了一个她亲身经历的事情。

她曾经接过一个糖尿病引发眼底病变的患者,做完手术后,这个患者以手术效果不理想为由展开了"医闹",目的很简单,就是希望讹一笔赔偿。医院调查后认为手术没有任何问题,她依旧不依不饶、无理取闹,最后"披麻戴孝"地跑来医院堵人,搞得我同事根本无法正常工作。

说完后她笑着看了我一眼:"你看,我现在还不是一样行医吗?这就是我们行医路上必经的困难,如同唐僧取经,不可能一帆风顺,你把他们都当成取经途中的磨练就好了。"

我被她逗乐了,内心也释然很多。确实,从医路途漫漫,充满艰险,除了偶尔出现的特例外,大多数患者都是非常信任大夫的,尤其在我专攻葡萄膜炎以后,这类患者大都需要常年就医,一来一往彼此都相熟了。我用我的真诚换取他们的信任,他们的信任也给了我十足的动力。每每我遇到信任危机时总会想到他们的脸,他们把自己的眼睛,甚至生命,都交给了我,我有什么理由放弃。

医患之间的信任,需要建立在更完善的法律法则、更发达的医疗技术、更有人文气息的医疗环境之上,现在互联网

/ 目光 /

时代正处于变革期,这一切也在不断地摸索与改善中。信任的背后是什么?是真诚、善良和爱。如果每个人都能以这三项作为与他人相处的基石,那么整个世界都将被信任的温暖所萦绕。人人互信,一些不必要的矛盾、冲突和伤害也将会大大地减少。

11
世界是怎么来的

"你长大想做什么啊?"
"当科学家。"
"为什么?"
"我喜欢,想知道世界是怎么来的。"

/ 目光 /

想来，我好像从没有对学习太过抗拒的时候。小时候不懂学习的意义，只是觉得不烦，也挺有意思，同时学习好还会获得老师的表扬，所以成绩还可以。

到了初中，数理化这些更为深奥的知识让我深深着迷，可能和我从小对宇宙、生命感兴趣有关，当看到不同物质产生奇妙的化学反应时，那种惊讶不亚于看一场魔术表演。

那时我最崇拜的人就是科学家，比如爱因斯坦、牛顿、伽利略、爱迪生，我认为他们不是发明了什么，而是发现了世界的规律，从而利用这些规律创造出了新的事物。就像爱迪生发明了电灯，事实上电本身就存在，制造电灯的那些物质也存在，只是爱迪生通过不断地学习和试验发现了它们之间的规律并加以利用，从而创造了电灯。

我觉得学习就是知识对人的输入和输出，学就是输入，习就是输出。

我的学，不仅源于学校和老师，还有我身边的朋友、家人，

11 世界是怎么来的

以及书本、影像,甚至玩耍与旅行。万事万物皆可学,所谓"读书破万卷,下笔如有神"是从书本里学;"三人行必有我师"是从他人身上学;"一花一世界,一叶一菩提"是从世间万物学。学,不是照本宣科地灌输,而是一种在与书本、与他人、与万物的接触中的信息输入。

而习,是思考和实践——通过书本,我们习得阅读和书写能力;通过他人,我们习得沟通和协作能力;通过万事万物,我们习得分析、逻辑和辩证的能力——我们将输入进来的信息有效地吸收和转化成思考及行动的能力。学习无处不在,它应该是一种生活态度和习惯,而不是一个只是在课堂上完成、在考试中证明的、独立于生活之外的功课。

我之所以成为别人眼中的"好学生",并不是我有多聪明或者多努力,而是现行的教育体系恰恰适用于我。我喜欢书本,喜欢学习,所以自然就能从中找到乐趣,找到好的方法,然后取得了一点点成果。

我觉得每个人都是不同的,大脑构成、家庭环境、成长经历等造就了每个人独特的优势。比如我的一个师妹,她其实是一个植物学家的好苗子。她对花花草草的热爱完全不亚于我对医学的热爱,她在阳台上能种出各种奇异的花草,她懂得它们对温度、湿度、阳光、空气的偏好,还能举一反三,延伸出好多自己得来的学问。如果有一套适合她的教育上升路径,我相信她一定能成为一个出色的植物学家。

再比如我的一个发小,他学习成绩很差,但从小酷爱户外活动。他上山捉蛇,能看出蛇的爬行痕迹并分辨出种类和大小,这种本领对我来说简直堪比侦探,然而现在他只能在家乡做一点小生意维持生活。所以我觉得,公共的教育体制还是有些像标准化生产,如果我们可以根据每个人的不同优势去形成个性化的引导教育形式,就会最大程度地发挥每个人的价值。

也许,未来的基础教育会侧重于基本的知识体系和生存技能,专业领域会细分,通过大数据、人工智能、互联网等手段,知识会实现共享,老师可远程教学,打破时间和空间的约束,让人可以随时随地学。只要你对某一领域感兴趣,你就可以一直找到相关的老师、课件去学,实现终生学习、因材施教。这样就不太会出现从事的工作和自己所学的专业或者兴趣完全不同的状况了,每个人都能成就自己。

当然了,这有点理想化,但我相信在不久的未来,教育体制一定会有非常大的进步。现在很多报道里会写我的履历有多优秀,这让我特别惭愧和汗颜。之所以有这种心理,是因为我真的感觉到,在学习的海洋里,我还稚嫩得很。对医学的钻研,

11 世界是怎么来的

我也是踩着前辈们千百年来搭好的阶梯缓慢地向上爬,离尽头还遥不可及。我幸运的是选择了我感兴趣的领域,所以我的每个阶段都好像有不错的成绩,但我相信,每个人只要找到自己的兴趣点,一样可以取得同样的结果。

我和妻子在教育孩子的层面上高度一致,我从来没有要求或者指望陶陶长大后要成名成家。我们只是希望她能拥有一个独立的人格,找到自己热爱的领域并能从中创造个人价值和社会价值,成为一个快乐的人即可。所以在她的童年,我们并不限制她的任何喜好,只要她喜欢,该报班报班;如果确定她不喜欢,该退班退班。相较于成绩,我们更关注她在学习的过程中是否有思考能力,一味地死学苦学会扼杀她的一些天分。如果她对某方面感兴趣,她一定会思考怎么能学得更好、钻得更深,这是人的天性。比如,现在很多小朋友对电脑和手机都很感兴趣,即便没人教他们,他们也会像天生就会一样,玩得比大人们还溜。

很庆幸无论是父母还是老师都没在我的童年将我的兴趣扼杀。

我小学就读于江西省南城县盱江小学,去学校报名的那一天我印象深刻。当时周边有一群带着小朋友报名的家长,他们

/ 目 光 /

议论纷纷，探讨着到底让孩子进尖子班还是普通班。有的家长认为尖子班老师讲得快，作业多，担心孩子负担太重；有的家长认为尖子班的老师和同学一定会更好一些。

母亲就问我，你想上什么班。我脱口便说上普通班。然后老师让来报名的小朋友排成队，一个个进去面试，大家年幼无畏仍然嬉笑打闹。我的面试官是一个留着齐肩短发的漂亮女老师，她笑眯眯地问我："你长大想做什么啊？"我斩钉截铁地回答："当科学家。"她被逗乐了并问我为什么，我说我喜欢，想知道世界是怎么来的。

后来这个女老师成了我的班主任。她姓李，非常和蔼可亲，很少看她生气。有时同学们太淘气，她便装出一副生气的样子，其实我们都能看出来她是装的。

有一次，我上课时看连环画被她发现了，下课后被带到办公室。我心跳得厉害，心想完蛋了，要么挨顿板子，要么就得没收我的小画书，甚至有可能叫家长。然而她只是说道："老师也很喜欢科学，你看的是《超人》吧，只有学好知识，以后才能做真正的超人哦。"我大惊，感动得眼泪都要掉下来了。

她继续说："如果要实现这个理想呢，我们还要学习很多知识，今天老师讲的就是这些知识中最基础的，你若是错过了，以后就学不到了；而连环画，你可以一直看，不是吗？"从那以后，我上课就再也没有走过神。

母亲也从来不阻止我看这些。她在新华书店工作，那里有我喜欢的经典文学作品，数量稀少但我视若珍宝的科幻书籍，还有一些神话和童话故事书……所以看书有得天独厚的条件。那时父母的工资并不高，后来我才知道，母亲当时工作全天都是站着的，所以腰痛得厉害。父亲想让她睡得好一点，决定买一个当时很流行的席梦思床垫，结果她把买床垫的钱陆陆续续都用来给我买书了。

初中和高中我都是在南城县第一中学上的。那时街上开了很多游戏厅，那里对于我这么大的小孩子来说简直就是天堂。游戏机和洗衣机一般高，有个大大的屏幕，里面有各种打斗过关的游戏。我把父母给的零用钱全部换成了游戏币，一放学就疯了似的跑进去玩。经常会看到别的父母冲进来把小孩子连打带骂地拖走，我无数次担心自己也会被当场抓获。

直到有一天，我父亲坐在我身边，递给了我一张纸，我一看，上面列了一排清晰的日程表，包括吃饭、上学、写作业、看电视和睡觉，甚至打游戏。他说，这是我帮你订的计划，你看一下哪里不合适，我们可以商量。我便问他，是不是我按这个表执行，其他时间你就不会管我了，父亲点头。于是我简单地调整了一下就与父亲达成了协议。

/目光/

为了能玩游戏,我根本不敢违约,每天老老实实按着他的计划执行。很神奇的是,这个计划执行不过半年后,我就已经习惯了。到了高中,我开始对游戏失去了兴趣,而制订计划的习惯却一直跟随我到现在。

在我的童年成长中,母亲和李老师激发了我的兴趣,而父亲培养了我的习惯。我一直没有放弃寻找世界真相的梦想,感谢他们保护住了我对未知的热爱。

现在父亲老了,早已退休,他迷上了茶道,对各种茶具、茶叶兴趣十足。为了研究不同茶叶的产地和功能,他戴着老花镜去书店翻书,上网查资料,还认真地做笔记。偶尔晚上下班回家撞见他,他总会兴致勃勃地向我展示他新发现的好东西。我真的很开心他在这个年纪依然保有着对世界的好奇心,还能有此学习动力。

庄子说:"吾生也有涯,而知也无涯。以有涯随无涯,殆已!已而为知者,殆而已矣。"很多人会以为庄子让人少学习、多养生,实则我的理解是,在有限的生命里去学你感兴趣的东西,而不是只为证明自己了不起就把时间浪费在不感兴趣的内容上,这便失去了学习的意义。用有限的生命去面对无限的知识,我们不可能学到所有知识,只能在自己感兴趣的领域不断地探索和深耕,从而充盈自己的内心,让自己回顾自己一生时,无愧无悔。

"路漫漫其修远兮,吾将上下而求索。"

现在,我更多的是从读书中,从工作中,从不同的人身上学:看书看到一些新的观点,我会细细品味与思考;在工作中,每一个病例都不会完全相同,都会有点点滴滴、或大或小的经验给到我;在与人交往中,看他们的为人处世,听他们的过往经历,和他们讨论一些思想观点,都会给到我不一样的思考角度。所以学习从来不是一种固定形式,而是一种生活方式与态度。抱着这种心态,根本不会觉得学习枯燥,反而会视之为一种乐趣。了解这个世界,才会更敬畏这个世界。

"学而不已,阖棺而止。"

求索

两百万年前的第四纪,
人类开始出现,
用充满好奇的眼睛,
观察整个世界;
记录天气的变化,
思考闪电的形成,

/目光/

人类总结农作物生长的特点，

同时积累中草药治病的经验；

从地下找到三叠纪的化石，

采取同位素检测的方法追踪年代，

在天上喷撒碘化银的颗粒，

利用人工降雨的方法驱逐干旱；

开发能源，获得动力，

催化反应，制造装备；

获得思路，使用放射性元素，

杀灭恶性肿瘤，

汲取灵感，检测远红外光线，

快速测量体温；

喷气式飞机，翱翔蓝天，

核动力潜艇，穿行海底；

人工智能，点燃未来的曙光，

深度学习，开启崭新的篇章；

科学的魅力，

引导我们对知识的探寻一路向前。

12
认知与接纳

接纳自己,
不仅仅是接纳自己的天使,
还应包括魔鬼。

/目光/

我一直觉得，人的前半生都在认知自己，后半生在接纳自己。

认知自己就是要真正地了解自己，自己的出身背景，原生家庭的影响，成长经历，性格，优点与不足，梦想与恐惧等，知道自己是谁，未来要成为谁，自己能走到哪里。接纳自己并不是认命，而是对自己的未来有清醒的认知，接纳自己的全部，妄念、遗憾、拥有与失去，佛学中所言"放下我执"即一种接纳。

我小时候比较胖，所以同学们给我起的外号是"陶猪"，这个难听的外号一直伴随了我整个童年。它像一团黑色的烟云笼罩在我的身上，无人能看到，但又时刻压抑着我，让我在很长一段时间里都很自卑。

庆幸我父母给予了我足够的爱，自己的学习成绩也还不错，所以能以此来对抗和平衡。人的天性中藏有一种"恶"，就是攻击与歧视少数群体，人会用这种对比优势去获得自身

12 认知与接纳

的认同感,于是就会导致各种各样的歧视问题,也会对少数群体造成伤害。

实则,每个人都有可能在某一领域沦为少数,对此就会有相应的恐慌。最典型的心理开场就会说,别人都怎么怎么样,我怎么不一样。追根究底,实则就是自我认同的问题。如果一个人自我认同的水平足够高,那么他在这种情况下会有更加客观与适当的方式去处理面临的问题;如果自我认同的水平不足,那么这种阴影也许会影响他的一生。

法国两位知名心理学家所著的《恰如其分的自尊》书里曾言,人的自我认同需要构建一套健康的自尊体系,其中有三项是我极为认同的:一是自爱,二是自信,三是自省。

自爱,是无条件的。作为一个个体降生到这个世界上,过好自己的一生是谁也无法替代的,自己对自己拥有着绝对的自主权,如果失去自爱,很容易过分依赖他人,比如父母、爱人或者团队。一个不自爱的人,往往又极度缺爱,他在渴望爱的同时又没有安全感,不断地求证与试探,往往会适得其反。

我有一个女性朋友,在她十几年的青春里有过四五段感情,可是每一段感情的结果都是相同的——对方决然离开,

/目光/

留下她满身伤痕。她每每和我哭诉,前期我还能站在她的角度去分析思考,后来我终于发现她问题的本质——爱情对她来说胜于一切,她全身心的投入往往会造就过高的期待,两个人的天平就会逐步失衡,最终崩塌。

其实爱情是两个独立人格的人彼此互助与成就的,一旦一加一小于二,那么不够自爱的那一方就很容易成为受伤者,这里的"一"就是自爱的部分。

我还有一些患者,病痛让他们成为少数群体,从而产生自卑心理,认为自己不值得被好好对待。面对病痛,他们悲观消极,总会往最坏的结果去想,在治疗上也不愿积极配合,导致疾病更加严重。

我一直认为,心理对生理的影响是非常大的,如果一个人的精神消极,那么身体的抵抗力会下降很多。很多抑郁症患者其实就是在内心深处把自己放得很大,但又很空,自己无法填充自己空洞的精神,太过依赖外界的给予与肯定;一旦失去这些,便会陷入一种人生没有意义的偏执思想里,严重的还会导致轻生。

而过度自爱也会导致失衡,在爱情中过度自爱,会变得太过自我,不懂包容与付出,容易导致双方难以磨合,最终分道扬镳;在面对病痛时过度自爱,也会变得小题大做,慌惴不安，疑神疑鬼，难以信任医生，自己身体的一丁点反应就会引发猜想，造成病情加重。所以自爱也需要找到一种平衡，所谓人不自爱，则无所不为，过于自爱，则一无所为。

每对父母都希望自己的孩子自信，每个人也享受自己自信时的状态。但自信很大一部分是后天培养的，通过对自己价值的实现和认可来累积。

孔子周游列国，在到达郑国后，有人骂他："东门有人，其颡似尧，其项类皋陶，其肩类子产，然自要以下不及禹三寸，累累若丧家之狗。"孔子听后，欣然笑曰："形状，末也。而谓似丧家之狗，然哉！然哉！"这就是一种超强自信的体现。

自信是并不因他人的评价而对自己真实的情况产生怀疑，也不会对他人的肯定或否定产生相应的认同或抵抗，这是一种自洽的高级境界。"人贵有自知之明"出自《老子》："知人者智，自知者明。"其实指的就是自信。当一个人对自己有足够的自我认同，就会有充分的自信，可以客观地站在更高的角度审视自己，也就不易被他人左右。这也是为什么我们常常会看到，有些人表面上非常自信，可是一旦遇到与其相对的观点或者对他有打击性的言论，他就会反弹得很厉害，这其实就是内心不自信造成的。

对自己的认同太过虚夸,认为自己掌握着绝对的话语权威,完全无法听从他人的意见,就会因过度自信而发展成自大。所以我们经常看到,越是强大的人,外表越谦卑,内心却非常从容,他们能够吸收各种观点,也会尊重所有不同的意见,在"自我"和"忘我"中找到平衡。

于我而言,从医路上我初出茅庐时,一帆风顺,获得了一些小小的成绩,在那个时刻我感觉自己有些膨胀,我开始在对一些常见病症的诊断上毫不犹豫,对患者同我反馈的一些意见和感受也总是没有耐心。然而当我接触的行业大师和疑难杂症越来越多,我才越来越感受到医学的深厚,对自己的粗浅理解感到汗颜。当我用这种心态去迎接新的观点、新的知识、新的技术时,我才真正感受到来自内心的一种力量,那种力量才是给我自信的源泉。

自省,是对自己的深度认知。曾子曾曰:"吾日三省吾身。"佛学中所言,见天地,见众生,见自己,都是对自省的折射。人只有自省,方能了解自己、提升自己,这是一种高级的智慧。

芸芸众生,大千世界,每个人存在于这个世界上都有着他独特的魅力,世间万物的循环变迁都遵循着一定的规律。相比起来,自我实在太小,否则怎么会有那么多人间苦痛需要去克服与化解。人成长的过程就是不断地完善自己,实现自己价值的过程。上面所提到的自爱与自信的平衡也需要在自省中逐步完善。"行己勤勤须自省,读书亹亹要新功",吾人最大之知识,系反躬自省。

自省不是盲目地自我反思与否定,而是客观地分析自己的所言所为,能换位思考,能跳出自我去审视,能放长远去看,这需要智慧。而智慧除了源于外界的输出,还源于自省的内化。

孔子言:"见贤思齐焉,见不贤而内自省也。"荀子言:"见善,修然必以自存也;见不善,愀然必以自省也。"人的思想品行也如木桶盛水,没有人生来完美,而短板便需要自省去提升。

这次砍伤事件给了我很长一段思考的时间,除了凶手的原因,我也在想如何能避免类似悲剧再次上演。如果能构建一个和谐的医疗环境,除了关注患者的身,还能关注患者的心,把关注点从病扩散到人,站在一个更全面的角度去医治,是否可以让患者的感受更好一些,多一些正念?

无论自爱、自信,还是自省,除了自我培养,很大一部分成因也在于家庭教育。孩子的一生其实都在寻找认同和价值感。如果一个人在童年遭遇重大的变故,这是孩子无法掌控和调整的,那这样的孩子往往会欠缺自信;如果一个孩子在童年时被家暴,被嫌弃,很少被肯定或表扬,那这样的孩

/ 目光 /

子会很难自爱；如果一个孩子从小活在没有理性评断的盲目表扬和赞美声中，那这样的孩子也学不会自省。家庭教育对一个人独立自尊体系的形成至关重要，而自尊体系又是形成独立人格的重要成因。

诚然，每个人心中都有一个天使和一个魔鬼，我们很少正视自己内心的黑暗，那里藏着我们太多不可告人的秘密。它真实存在，只有正视它才能看清它、对抗它。接纳自己，不仅仅是接纳自己的天使，还应包括魔鬼。

接纳自己是一门大学问，我也仍在学习，我相信只有拥有足够多的智慧才能化解内心的黑暗，也只有不断地行走和学习，才能让自己的思想拥有足够大的空间和感悟。这些都是一个人成长中必经的过程，所谓修行，大抵就是这个意思。

13
沉默如雷

孤独的价值是不能忍受孤独的人难以体会的。

/ 目光 /

  我是独生子，童年的时候父母工作都很忙，父亲常常出差，母亲一方面在新华书店早八晚六严格地出勤，另一方面还要照顾我的饮食起居并接送我上下学，忙得焦头烂额。所以大多数周末或假期的时间，我都是独处的。

  我有一个属于自己的小房间，因家境一般，所以我的小房间也很简朴。但是我房间里有一排长长的书架，上面摆满了各种各样的书，一张写字台在书架的旁侧，是我日常读书的地方。

  那张棕色花纹的写字台陪伴了我整个青春，到现在它还依然摆放在那里，我在它上面完成了小学、初中、高中的所有课业，也在上面看了数不胜数的图书。书桌上除了台灯、台历，以及一些书本外，还有一台我十分珍惜的卡带机，我会攒很久的零花钱去买一盘自己喜欢的卡带来犒赏自己。有时候读书读累了，我就会听听歌。我那时很喜欢陈百强，他的《一生何求》对我来说简直就是世界上最好听的歌曲，常常翻来覆去地听。晚上我躺在自己的小床上就会梦到在书里看到的那些神奇的故事。

我们一条街巷上住着很多人家,也有不少同龄的小朋友。有时写完作业,我们会讨论一些电视里演的武侠片,因为我看的书多,他们就老爱缠着我讲故事,我就会给他们讲《西游记》《封神演义》《山海经》等一些奇幻故事,他们听得入迷便总会来找我玩。

那个时代没有手机,人与人之间非常亲密,大人们互相串门唠嗑,小孩们就从这一家跑进来,那一家跑出去,也不会担心有危险。回想起来,那真是一个美好的时代。

有时候我会很羡慕别人家有兄弟姐妹的孩子,他们回到家后仍然有人陪着玩,而我回到家就只能在自己的小房间里和自己玩。尤其当身边的小朋友都不在的时候,我就会很孤独,有时候会拿出跳棋自己一人分饰两角,完成一盘对垒。我央求母亲再给我生一个弟弟或妹妹,母亲就会摇摇头,笑着对我说:"妈妈有你就够了。"

小时候也曾被年长一点的小朋友欺负,我不习惯和父母告状,怕他们觉得我作为男孩子太过娇气,便只能自己闷在心里慢慢消化。到了初中,功课逐渐多了起来,每天从学校回来,吃完饭就得赶作业,完成作业后也到了该睡觉的时候

/ 目光 /

了，所以和父母交流就更少了，加上我本身也比较内向，渐渐地也就习惯了孤独。不开心的时候，我会看看书，读书就像在与一个智者对话，很多心结也从书本里慢慢解开了。

其实人生本就是一段孤独的旅程，每个人都只能陪你走一段路。人是一个独立的个体，在整个生命旅程中，就算是父母、妻儿也不能完全陪伴在侧，很多问题也只有自己才能找到答案。所以孤独感是一种很正常的心态，不必过于夸大或逃避它的存在。

年轻时，我也害怕孤独，一个人走夜路，一个人旅行，一个人去陌生的城市，总会想，如果此时有个人能陪在我身边就好了；一个人面对挫折、挑战和不公时，心里会更加难受，会渴望有人能理解我、帮助我。但往往这种时候很难找到一个可以真正帮助自己的人，和朋友诉说一下，大家也只是会给一些建议或者单纯地听听我的感受，问题还是悬在那里，只能自己去解决。

人近中年，应酬越来越多，朋友却越来越少，几乎没有了能像大学时一群人毫无目的地待在一起的机会。有时候忙完一天的工作，走在灯火阑珊的北京街头，会有种莫名的孤独感。这种孤独不是单纯意义上的没人陪伴，而是内心的孤独感——感觉自己在走一条长长的路，而这条路只能自己独行。

13 沉默如雷

这次受伤，我大多数时间是躺在病床上一个人待着，忍受着强烈的疼痛折磨以及各种灰色念头的侵袭，这一切只能我自己去面对。在这期间，我其实蛮感谢这份孤独的，孤独是有价值的，它会让人有时间去倾听自己的内心，自己和自己对话，然后思考，去自我解救和提升。

孤独其实是相对群体而存在的，人天生就有怕孤独的本性。原始社会时期，因为离群独处就意味着危险，所以人需要和人联结，建立生存安全感。我记得小时候，街坊邻里会特别亲热，谁家办红白喜事，街坊们都会帮忙，这家借盘那家借碗，把自己的房子腾出来给从外地来参席的客人住；如果谁家盖房子，周边的人会义不容辞过来帮工；谁家有个急事，大家也是有钱的出钱，有力的出力。

现在想来，那时是因为人需要群体，脱离群体，这些事一个人根本解决不了，所以那时的人反倒不太会感到孤独。现在，随着物质条件越来越好，社会分工越来越细，生活配套越来越齐全，一个人若是有钱基本可以足不出户地解决一切问题，所以人与人之间的需求就会大大减少，童年时的那种景象也慢慢地再也看不到了。

有时候人极力想独立，但太过独立也慢慢地失去了对他人的依赖，孤独感就会随之而来。所以，我感觉越是经济发

/目光/

达的地方，人与人的联结越少，孤独感就会越强。

有人说，现在互联网时代，人们可以轻易地找到自己的兴趣点，认识和自己投缘的人，人怎么会孤独？但我觉得，互联网时代，让人越来越容易相识，却越来越难相知。看起来只需要在屏幕上点几个钮就能找到各式各样的人，好看的、有趣的，应有尽有，人们像进了不要钱的超市，可以随意选择，反倒很难静下来认真地去了解一个人，去爱一个人。

所以我觉得，孤独在很大程度上可以通过和他人建立需要和被需要的联结去解决。当一个人需要别人时，他就会和对方产生依赖感；当一个人被需要时，他也会产生价值感，这两种感觉都是治愈孤独很有效的东西。

我有一位患者，是在我刚从医时认识的。那时她五十多岁，我二十刚出头，几次接诊下来，她特别喜欢我，说我和她在国外的儿子特别像，没事就给我打电话聊天，有时还会邀请我去她家吃饭。我在医院值班时，她会做好饭菜给我送过来，看我衣服旧了，还把她儿子的衣服拿给我穿。老太太待我好，时间长了，我也很感动，就认了她做干妈。

干妈家里养了几条罗汉鱼，养了很多年，干妈拿它们当心肝宝贝，结果一次邻居家失火，连带把干妈家也烧了一部分，罗汉鱼也被烤死了，干妈哭得特别伤心，我安慰了半天。那时我就在想，都说鱼没有记忆也没有感情，鱼可能对干妈毫无印象，但它对干妈来说是特别重要的情感依赖。所以我们人也是，可能我们自己都不知道自己在别人心中的分量，也许我们也是某一个人心中的寄托，给了对方很大的依赖感。这样看起来，我们也并不会孤独。

蒋勋先生在《孤独六讲》中把孤独分为六种：情欲孤独、暴力孤独、语言孤独、思维孤独、革命孤独和伦理孤独。

情欲孤独，是指人需要感情，无论爱情还是亲情、友情。佛家讲究断绝情欲方能圆满，但我认为应将个人之爱转为众生之爱，一个人太过陷入情欲之爱中，如果得不到或失去，就容易陷入孤独。

原始社会的人需要生存和自我保护，要去猎杀与侵占；现代社会，也有一小部分人存在暴力倾向，但更多的人通过运动或者游戏去满足内心的暴力需求。这些都是暴力孤独的体现。

很多成年人会有语言和思维孤独，随着每个人越来越独立，也就难以去倾听和理解他人，所以很多人觉得有心事却无处诉说，自己的想法不被他人理解，会觉得孤独。古有八拜之交，讲的都是知己的重要性，所以我认为人一定要有朋

/目光/

友，一个人如果能有三五好友或者几个知音相伴，也是人生一大幸事。

革命孤独听起来很夸张，其实是指一个人对社会的雄心抱负，能看到社会的欠缺面并试图去改变。这种使命感也让一个人容易找到目标，比如医学于我，我希望在自己的有生之年可以突破更多疑难病症，造福更多人。

伦理孤独指的是"三纲五常"对人的约束，这也是文明的表现。

不管是哪种孤独，我认为都是客观存在的，也都有其利弊之处，最主要的是面对孤独时，如何能看清它的本源，取其长去其短，将孤独化为一种成就自我的力量。

很多时候，人都是在孤独中成长和蜕变的，因为孤独不仅会让人痛苦，更会给人一种力量。孤独中蕴藏着极大的思维活动能量，它给人更清晰、更客观、更有条理的思维，从而使人做出巨大的改变。

孤独的价值是不能忍受孤独的人难以体会的。

现代社会，表面上的孤独很容易解决，一个手机可以联结万千世界，视频、游戏、音乐、文字，五花八门充斥在人的眼前，如果愿意，每一秒都可以享受它，但是，人的心是很难被这些完全填满的。

感觉孤独就像人身体里一个淘气的小孩,你越拒绝它,它反应越强烈。相反,学会面对它,安抚它,与它和平相处,它就会变得乖巧、平静,并成为自己的心理支撑。

如今,随着年龄的增长,我对人生、对世界都有了更深的思考和理解,内心也坚定了很多,所以孤独感也在慢慢消逝。

我享受一个人静静看书的感觉,享受一个人在陌生城市看看博物馆、逛逛步行街,去了解这个城市的过去和现在,去感受它的文化和风情,就像走进了一个人的心里,有种特别愉悦的充实感。

面对孤独是需要智慧的,古人云,君子慎独。意思是一个人独处时,也能保持着一致的情操和素养。对我来说,我希望自己经历过生活的曲折、荣辱,依然能热爱生活,坦然告别青春,迎接苍老。

有人时,形如少年;无人时,也能安然自处。不为功名所累,不受情绪所控,永葆初心,心中坚定,沉默亦如雷。

14
月亮与贝壳

掌握它,它就是武器;
被它掌握,人就是奴隶。

/ 目光 /

我出生在江西的一个小县城,父亲在检察院从事一份普通的职员工作,母亲是新华书店的一名售货员,如同万千普通人家一样,平凡安逸。父母的收入并不高,小时候住的小平房,家里陈设简单,每日饭菜也少有鸡鸭鱼肉。父母在生活上非常节俭,一件衣服能穿十多年,至今我家里的床单被褥、锅碗瓢盆很多还是他们刚结婚时购置的。

不过父母在我身上从没有吝啬过,我的吃穿用度他们尽可能满足,在我的学业上他们更是倾其所有。所以我小时候对金钱并没有太多概念:身边小朋友有的,我都有;我想要的,父母也会买给我。我就像一朵长在温室里的花,完全不知道室外会有酷暑严寒、风雨霜雪。

我记得自己是班里第一个拥有自动铅笔的人,父亲在外出差时给我买了一支,我爱若珍宝,同学们也纷纷围过来看,觉得用拇指摁一下笔上面的按钮就会弹出一截笔芯,甚是惊奇。大家很羡慕,我就说,可以让你们父母在市里买啊。说这句话时我完全没有故意显摆的意思，就像晋惠帝所言"何不食肉糜"一样天真。我记得在小学时，班里有一位女同学，她在作文里写道，她每天要走十几里山路来上学，放学回家还要割猪草，假期还要帮家里务农，这样才能凑够她上学的学费。那时我才知道，原来不是每个人都有像我一样的生活，也许在我看来平凡无奇的生活里，也藏着别人无法企及的"星辰大海"。

长大从医后，看了很多心理学方面的书，我慢慢发现，其实童年越缺少什么的人，长大后就会越追求什么。缺少爱的人，余生都在渴望爱、寻找爱，但又害怕爱、试探爱，和这样的人相恋是一种非常艰难的事情。缺少被认可的人，可能一辈子做什么事都想向别人证明自己了不起，很可能让自己越来越累、更加迷茫。从这一点看，我非常感谢自己的家人，虽然家境一般，但他们从未仰望金钱名利，而是更注重我思想和精神方面的培养，所以才让我拥有比较健康的金钱观。

古往今来，很多人对金钱都是又爱又恨，东西方的思想大家也纷纷发表其观点，有人认为金钱是邪恶的种子，它可以让人迷失变性。西晋时，鲁褒《钱神论》里道："钱能转祸为福，因败为成，危者得安，死者得生。性命长短，相禄贵贱，皆在乎钱。"也有人将钱财名利看淡，视金钱如粪土，生不带来死不带去，没有意义。又如庄子在《逍遥游》中言道："鹪鹩巢

/ 目光 /

于深林，不过一枝；偃鼠饮河，不过满腹。"而孔子曾言："富与贵，是人之所欲也，不以其道得之，不处也；贫与贱，是人之所恶也，不以其道得之，不去也。君子去仁，恶乎成名？君子无终食之间违仁，造次必于是，颠沛必于是。"他的观点非常客观，认为人的本性就是追求富足、厌恶贫贱的，只是君子爱财，取之有道，为富者应仁，为贫者应礼。

在我看来，金钱本就是一个工具，从最开始人们用贝壳作为交易工具，到后面演化成贵金属，再到纸币，它是社会发展中一项重要的文明创造，它是中性的、无情感的，只是使用它的人将它演绎成不同的模样。以钱作恶，自然是恶的武器；以其从善，也是善的具象。

我也需要钱，但我并没有把对财富的追求当作我人生的奋斗目标。在我受伤后，有媒体挖出来我五年前曾为一位病人捐了两万块钱的事情，说实话，如果不是媒体曝出来，我自己几乎都忘记了这件事。有朋友问我，你是不是很有钱或者对钱根本不在乎，所以才会有此行为。

其实五年前，两万块钱对我来说是非常大的一笔数字，但我还是做了这个决定，原因就如媒体报道中的一样：我不能眼睁睁地看一个患者在我手里失明。

从医者，每天都会见到各种各样的人间疾苦，我相信有很

14 月亮与贝壳

多医生都做过类似的事,这并不特别,谈不上伟大,我觉得这是再正常不过的事情。医生,之所以成为医生,在你选择这份职业时就已经知道,这份职业并不会让你大富大贵,相比从商或者其他高新技术工作,从医之路赚钱艰辛又漫长,如果心中没有一份热爱是断然坚持不下去的。

也可能正是医生见惯了生老病死,对人生的感悟和看法会比常人更多一些,也会将金钱看得更淡一些,我们看过太多财富丰足的人在疾病面前仍然绝望无助,最终撒手人寰。所以但凡能用钱换来的健康,我认为都是值得的,哪怕他只是一个我素不相识的患者,这是一种本能,仅此而已。

有人会说,既然你这么慷慨无私,世间疾苦那么多,你是否能做到绝对的奉献。我说,不能。我也是普通的凡人,我不是佛陀可以完全牺牲自我、普度众人。这实则是利己和利他的平衡问题,一味地强调利己,势必会形成一个极度自私的社会环境;一味强调利他,也会成为一种道德绑架。

在我从医的过程中,接触过很多有钱有名的人,他们或多或少都会做一些善举,这可能是人性中的闪光点:施人玫瑰,手有余香。如果在保证利己的同时,人会做一些利他的行为,但如果危害到利己,人往往不会利他。

孔子有一则著名的故事,讲的是春秋时期楚国有个正直的

175

人,他的父亲偷了一只羊,他便去主动报官,官府抓了他的父亲并判处死刑,他请求代父受刑,最后楚王免了其父死刑。后来,叶公对孔子说:"吾党有直躬者,其父攘羊,而子证之。"孔子听后道:"吾党之直者异于是,父为子隐,子为父隐,直在其中矣。"这个观点曾一度引发后人的众多讨论,有人认为孔子境界不过如此,父子之间便可营私舞弊。

实则,今日再看,如果社会人人和那个"直躬"的人一样,真是"细思恐极",如果连血肉亲情都难以建立信任,这是否是社会文明的一种倒退呢?这个故事实则就包含了利己与利他的关系。在我看来,利己与利他也是一种平衡,在承认利己的同时去倡导利他,这是一个很深的哲学问题。

我在欧洲留学时发现了一个现象,欧洲的公共交通上也同样设有老幼病残专座,大家会自觉地不去坐那个位置,如果车上坐满,有老人上车也鲜少有人让座。在我国的公交车上,如果一个年轻人没有给老人让座,就会遭到周边人的鄙视,认为其缺乏教养。

这个现象也带给我一些思考:利己是错的吗?我觉得在不影响和伤害他人利益的前提下,利己是中性且无可厚非的。这是一个人选择的权利,我们无法要求每个人都绝对地利他。就像这次砍伤事件,虽然能理解伤人者的处境和心态,但我没办法原谅他；如果我宽恕了他的行为，那么是否所有医生都要像我一样，在面对不公和伤害时必须选择去牺牲去宽恕呢？

利己是人的第一层需求，利他是人的第二层需求，只有第一层得到满足，才会有可能实现第二层。利己是人的天性，利他是道德的影响，从有助于社会秩序来看，利己的优先序更高，价值也更高，而利他在其他渠道上可以得到完善与提升。所以针对"直躬揭父"的故事，把伦理亲情放入优先考虑层面显然是合理的。我国《宪法》还有其他一些相关的法律法规上也考虑到了这一点，在某些规定中排除直系亲属，这才是真正的文明。

我有一位企业高管的患者，他做了老花眼手术，植入了当时世界上最贵的晶体。与他在同一个病房的患者是一位油漆工，家在农村，有两个孩子，全家靠他微薄的收入生活。由于工作条件差，太过疲累，他患有白塞氏病，导致眼睛反复发炎无法正常生活。当这位高管了解了他的情况后，主动捐了一万元给他。

所以，钱是什么？

它只是一个工具，用来满足人的需求。如果这个工具能换来内心的满足，它就有它的意义。比如，我给患者捐钱，并不是我多伟大，而是我觉得捐了这笔钱，我的利他之心得到满足，这让我愉悦。

/目光/

我妻子也同很多女孩一样喜欢包包,有一次我用自己攒了好久的一笔积蓄给她买了一个名牌包,她开心极了,那时我就觉得这笔钱花得有意义。我的父母在自己身上节俭,把钱投在我身上,为我买了那么多书,在他们心中一定也认为这是值得的。所以钱是中性的,在不同的人手里有着不同的作用,那这个人的金钱观就变得至关重要。

太过利己的人会将金钱用在满足个人需求上,随着个人欲望的不断增加,对金钱的贪婪也会越甚。我们经常听说一些有钱人挥金如土,完全就是在满足自己的虚荣心罢了。

我个人认为,金钱是和幸福有关的,它至少可以解决没有钱而造成的不幸。只是幸福不只有金钱这一支柱,还有太多比之更重的东西,比如亲情、健康、价值感……如果为了金钱而损害了这些,就会适得其反,金钱的主柱太长,会导致幸福崩塌。

我曾经随医疗队去新疆做公益,政府扶贫,给每户人家送了四只短尾寒羊,希望他们能凭借养羊逐步脱贫。一个星期之后他们去一个农户家回访,发现少了一只,便问:"那只羊呢?"农户答道:"昨儿大舅来了。"

对此我分外不解,为什么"羊生羊,羊又生羊"养羊致富这样无须思考的道理,在他们那里却完全行不通呢?后来和他们简单地沟通之后,我发现他们活得非常充实乐观,并且对现在的生活非常满足。我不得不承认，真的有很多人如陶渊明一般淡泊名利，享受"开荒南野际，守拙归园田。方宅十余亩，草屋八九间"的世外桃源的生活。西藏人有自己虔诚的信仰，面对生活的伤痛，他们把它交给了他们的真主，用近一年的时间，全身匍匐地去磕长头，一步一跪走上两千公里去祈福。在他们心中，金钱与此毫无关系。

　　金钱能做很多事，但它不能做一切事。我们应该知道它的领域，并把它限制在那里；当它想进一步发展时，甚至要把它踢回去。金钱对于每个人的意义都不同，但它仅仅是个工具，不应是人生目标，更不应是心理枷锁，客观看待它，使用它，真正寻找自己内心的幸福吧。

钱币

起初，
它只是海边的贝壳，
静静地躺在那里，
后来，
它被无数人拾起，
于是具有无以比拟的魔力；

/目光/

当你饥饿时,
它可以变成美味的食糜,
当你落寞时,
它可以变成红颜的知己;
常常,
很多人,
也因为它而忘乎所以,
甚至把道德和伦理践踏在地,
它可以让私欲,
膨胀得无边无际,
它可以因为左右权力而获得更大的利益;
掌握它,
它就是武器,
被它掌握,
人就是奴隶。

15
北京，北京

我无比想念小胡同里的豆浆油条，
三环上的300路大公交，闹腾的学生宿舍，
还有中关村沸腾的车水马龙。

/目光/

到今年，我来北京就二十三年了，已经超过了我在家乡的时间。

我对北京的感情非常复杂，很难用一句话准确地形容。二十三年来，这个城市也在我身边日新月异地变化着，一批一批的人进来，又有一批一批的人离开，这个城市像一个沉默的老者，有着高深的智慧和涵养，从容不迫地看着生活在这里的人们的喜怒哀乐，周而复始。

汪峰有一首歌叫《北京，北京》，我们这个年纪的人，几乎每次去KTV都会唱这首歌。大家喝着啤酒，在酒精的催化下嘶吼着，其中真实的滋味，大概只有生活在这座城市的人才能体会。

小时候提到北京，首先想到的是课文里描写的天安门和人民大会堂，我至今还能记得那两篇文章里的有些句子。那时的北京，对我们小地方的人来说，就是梦想的殿堂。那里有着最现代化的高楼大厦，也有着历史传承的名胜古迹，它

15 北京，北京

将现代与古典完美地融合在一起。

当太阳从东方升起，英挺帅气的国旗护卫队踢着整齐的正步走向广场中央的旗杆，在雄壮有力的国歌奏乐中，巨大的五星红旗在霞光四射下徐徐升起。这些画面一遍一遍地在我幼小的脑海里回荡着，我想，生活在北京的小朋友该有多幸福啊，他们在古老的四合院里玩耍，在城墙下的草坪上放风筝，在槐花纷飞的胡同里吃冰棍。看到一些课外读物上发表的文章很多都是北京某某小学的学生写的，就总是心生羡慕。也许就在那时，我的心里就种下了北京梦。

高考填志愿时，我毫不犹豫地选择了北京。接到北大医学部通知书那时，我们全家人高兴坏了，提前一个月就开始准备去北京的行囊，一时想着得要带这个，一时想着又要带那个，真的有种春游的心情。从高考分数下来那一刻我就处在一种极度兴奋的状态，晚上做梦都会笑出声来。

直到现在我还记得，当时我们一家三口坐了两天一夜的绿皮火车从江西来到北京，路途遥远，火车拥挤，虽然疲惫但内心是愉悦的。沿途看着从南到北一路上慢慢变化的景致，觉得世界真是广袤，我们太需要走出来领略一下大千世界了。到了北京，我们第一站就搭上公交车去了天安门广场，那是我第一次真切地站在了北京的土地上，看到了自己想象中的

/ 目光 /

场景。回想起寒窗苦读的十几年，父母为我学业的辛劳付出，我们一家人忍不住拥抱在一起泪流满面。现在想想，当时流下的每一滴泪，每一下蓬勃的心跳，都是梦照进现实的声音。

开学后，同寝室五个同学，有三个是北京的。他们不仅学习成绩好，眼界和思想也比我开阔，和他们聊天时总会觉得自己懂得太少了。他们还多才多艺，我的上铺是一名国家二级游泳运动员，旁侧那位写得一手好书法，还有一位足球踢得特棒。相比起来，我真是只会读书。他们热情、善谈，经常带着我一起出去玩。受他们的影响，我对北京人的印象特别好，感觉他们非常大气、不排外、不拿有色眼镜看别人，和他们的相处也潜移默化地影响了我，让我慢慢走出自卑，也能热情大方地对待别人。

业余时间，我会去北京的各大名胜景点逛逛，颐和园、圆明园、故宫、天坛等，当走进这些曾经在脑海中无比熟悉的场景时才发现感觉完全不同，不仅是那些巧夺天工的建筑设计，更多的是蕴藏在内的历史文化，让我无比震撼和崇敬。我之前读到的那些故事、知识点在这里像找到了故乡一般喷涌而出，清朝盛世几代皇帝在这里的点点滴滴一幕幕成形，相信喜欢历史的人都会有此感触，那些曾经跌宕起伏的悲欢情仇，那些曾经不可一世的英雄名流，在时间车轮的碾压下，形成一幅幅静默的单帧画,只有作为配角的文字、图画、器具、服装、建筑、树木留存了下来,向后人讲述着那些动人的故事。每一项遗产都是人类智慧的宝贵财富,都蕴含丰满的知识体系,让人不得不由衷地尊重。

我在故宫感受几朝帝王的雄图霸业,在颐和园感受帝王家世的繁华与寂寞,在天坛感受庄严肃穆的信仰与祭祀,在圆明园感受国运兴衰下的奢靡与残酷。"究天人之际,通古今之变",历史是坚定者的臂膀,也是彷徨者的向导。北京作为有着三千年历史的古都,有太多值得我去研究和思考的东西,它深厚的文化像看不见的血液流淌在这个城市中,每个生活在这里的人都会被它所贯通与影响。

我读研时期的宿舍是在积水潭桥附近的一个小楼,北二环以里。那时这里还保持着老北京人的生活原貌,一栋栋青灰石砖建起的小房子、四合院、筒子楼密集地挤在这块寸土寸金的土地上,挤出一条条狭窄的街巷供行人车辆来往穿梭。

清晨起来,小商小贩已经准备好了一天的生意,早餐摊上挤满了早起的人,有上班的,有晨练的,热气腾腾的豆腐脑配上炸得金黄可口的油条成了他们一天中的第一顿营养供给。午后,吃过饭的老头老太太们坐在房前的槐树下,下棋的下棋,唠嗑的唠嗑,一些学龄前的幼儿在他们膝下嬉戏打

/ 目光 /

闹,日子过得和一路之隔的高楼大厦毫无关系,幸福安详。

晚上,巷口灯火通明,就着热闹的音乐,老头老太太们找一块略大的空地跳交际舞、广场舞,下班回来的年轻人们开始钻进街边的小饭馆,吃上一碗炸酱面或者约上三五好友吃一顿老北京涮锅,声音嘈杂而热闹,卖果蔬鱼肉的小商贩们大声地叫喊着打折处理的最后货物,一派祥和。

我特别喜欢这样的北京,和我小时候看的电视剧里的场景几乎一模一样,听着带着浓重儿化音的北京口音,有种深深的亲切感。

2002年后,北京的发展速度随着互联网时代的来临越来越快,眼见着三环边上立起一栋栋现代化的高楼,地铁也一条条地建起来。

我刚来时中关村还是一片平房,搭上互联网的浪潮,像菜市场一样喧闹的中关村电脑城每天都会诞生几个百万富翁。那儿应该是中国第一批创业精英的梦想土壤,起初是各种各样的硬件厂商开始崛起,联想、北大方正、清华紫光就在那时到达了经营高峰;互联网公司也如雨后春笋,搜狐、新浪、网易就在那里从十几个人的规模逐渐发展起来,成为中国互联网界的翘楚。

因为在中关村上学，所以我眼见着一片片的平房被拆迁，盖出一幢幢高楼，时代的步伐比我们想象的速度还要快。我身边的同学跟着这股风也发生了变化，有人配了电脑，拉上网线，听着联网的拨号音；几个人挤在电脑前在网上搜索各种各样的新闻和段子，感觉互联网为我们打开了一个新的世界，这个屏幕可以呈现出任何你想要的内容。

我偶尔也会和一同考进北京的同学聚一聚。来到北京后，每个人都有了变化，高中时相似的稚嫩模样此刻开始各自长出了自己的枝叶，有的同学开始倒腾小买卖，有的同学开始谈恋爱，有的计划着出国，有的寻思着买房，而我还和高中时一样，老老实实地读书、考试，他们已然变了模样，而我还在坚守着一个学生的梦想。

北京发展得太快了，城市的发展也吸引了更多的外来人口大量涌进。耳边时常涌现出各种各样的消息，大家都在谈论某某混得多好，创业发了财；某某买的房子没多久就涨了一倍；某某嫁了一个北京人，户口有了着落；等等。这些消息也或多或少影响了我，我有时也会迷茫，自己在这个城市到底要追寻什么。

我把自己埋在医学里，尽量不去思考这些，潜意识里，我觉得太贪图物质名利有点违背我的理想。如果我关注这些，

/目光/

好像就有点辜负自己这么多年坚持的东西,到底在坚持什么,我也不太清楚。北京这座城市很神奇,二环以内一直保留着老北京的静谧,而二环以外却发生着翻天覆地的变化。

我喜欢二环内的那股安静,我在积水潭那个研究生宿舍一直住到了博士毕业。我觉得城市发展得太快,会让人心变得浮躁,读书的人越来越少,玩游戏、刷网页的人越来越多。我不知道这种封闭式的生活对自己是好是坏,但我很享受这种宁静。博士毕业后,我如愿分配到北京大学人民医院眼科工作,但我需要在外租房子住。

那时北京的房价已经很高了,对于一个刚毕业的学生来说,随便租一个住所就能用掉近一半的工资。为此我毕业前期一直处于颠沛流离的状态,每次搬家,心中总会充满无限伤感,很怀念在研究生宿舍的日子。但此时我不得不面对时代发展带给我的压力,我住得越来越远,有时为了赶公交,凌晨五点多就要起床,深夜才能回到家。

我也有些迷茫,难道这就是我选择的生活吗?把大把的时间和精力浪费在路途上,每天疲于奔命,谈何理想?我开始对北京萌生了一种退意,正在此时,我申请的德国留学通过了,于是我便只身去往德国。

15 北京，北京

到了异国他乡，我重新开始一个人的生活。德国本地人的生活极度安逸和宁静，与喧闹忙碌的北京形成鲜明对比，我开始无比想念在北京的日子，想念小胡同里的豆浆油条、三环上的 300 路大公交、闹腾的学生宿舍，还有中关村沸腾的车水马龙。我觉得正是那些平时有点厌烦的东西组成了有温度的北京，在身边的时候觉得好聒噪，但若不在了，一下子好似少了很多东西。

我在德国的那一年，北京迎来了近年来最光荣的一场全球盛会——北京 2008 奥运会。

8 月 8 日那天，我早早地守在电视跟前看开幕式，当那熟悉的普通话响起，我已经激动得全身发抖。张艺谋导演所导的开幕式晚会真是我此生见过的最壮美最震撼的演出，缤纷多彩的焰火燃红了天空，上万的演职人员在我眼前呈现出无法想象的视觉美景。当《我和你》响起时，我的眼泪再也控制不住，那时我就知道，我和北京已经有一种无法言喻的深厚羁绊。

第二天的晨会，我主动请缨上台给德国的同科室同事分享了北京，我完全没有准备，几乎是脱口而出讲述了我心中北京的故事。讲完后同事们响起热烈的掌声，他们的眼里绽放出羡慕的光芒，我心中涌现出一股从未有过的自豪感，比

/目光/

我作为优秀学生代表在北大全校毕业生大会上演讲更令我激动。

从德国留学回来,我结了婚,家里人凑了一点钱在北五环外的立水桥买了一套五十平方米的小房子,我终于觉得我在北京有了一个家。但压力也随之而来,妻子和我每天大多数的时间都消耗在路上。

结婚一年后,妻子怀孕了,想着孩子出生后若父母过来带小孩,一个一居室是根本无法居住的,但我的薪水却根本没有办法换更大的房子,那时的房价早已涨到令我望尘莫及的地步。父母开始劝我,要不离开北京吧,回到家乡也一样可以找到像样的工作,还不用奔波劳累这么辛苦。说实话,当时我心里也很是犹豫,但我不舍,这种不舍里有对我事业的热爱,也有对北京的眷恋。

李润在北京待了十多年,然后去了深圳。他和我说,北京吧,也说不出来哪里好,但来了的人都想在这里留下来。我想这就是北京的魅力,是一种用语言无法形容的感情让这么多人宁愿辛苦也不愿离开。后来,我无数次思考,北京除了有着独一无二的文化底蕴、风土人情以及高新前沿的医疗和教育资源等硬性优势,更多的是我感觉在北京生活的人都怀抱着一种梦想,而这种梦想不单单是物质名利,更多的是

15 北京，北京

个人价值和情怀，所以来这里的人总能找到相同的归属感。

而今，我四十岁了，虽然我有了一套自己买的小房子，但由于种种原因，我依然还在北京租房住，我曾搬过十多次家，整个北京东西南北四向都住遍了。每搬一次家，我都会熟悉一个地方，多年下来，北京的地图在一点点被我的行踪点亮，我对它越来越熟悉。我知道，就算有一天我买了大房子，这个城市也不会给我安全感，可能也正是这种不安全感，让这个城市的每个年轻人都那么努力，也正是一批批年轻人的努力，才让这个城市散发着梦想的光芒。

梦想从来不会止步，人生也不会安定，我们都在不停地奔跑中寻找一种安全感，北京就是如此。

16
四十不惑

别迷茫了,汤要凉了。

/ 目光 /

不知不觉到了四十岁，在生活中，大学毕业的年轻人已经开始喊我叔叔了；在工作中，再也没有患者因为我太年轻而质疑我的水平了。现在，我名正言顺地成了人群中的中年人，社会的主力阶层。

有时候看着已经上了小学的女儿，我总会恍惚，我居然都有这么大的一个孩子了，内心还总觉得自己仍是一个小孩，好像刚刚从学校毕业一样。时间过得飞快，每一天都觉得匆匆忙忙，一刻也不敢耽误，工作、学业、生活把时间塞得满满的，尤其三十岁以后，一年仿佛一天，什么都没来得及做就过去了。我经常在睡梦中惊醒，害怕自己老了，人生就这样虚度过去了。

身边的朋友们一个个相继远去，那些曾经一起打打闹闹、挤在一个宿舍里谈论未来的同学好多都已多年未联系了；那些说好没事就聚聚的人，上一次相聚好像是几年前了。印象中身强体健、意气风发的上一辈人开始进入老年生活，头发

16 四十不惑

渐白，身体佝偻，拿重物开始力不从心，上楼梯也需要人搀扶，还有一些已然离世。那些印象中还跟在我屁股后面疯跑的弟弟妹妹们，也一个个成婚成家，有了自己的小孩，谈论的话题也逐渐变成了操持生活的艰辛。这一切，都在水滴石穿般地行进着，而我很少察觉，猛然发现不免感慨时间的无情。

小时候，印象中那些三四十岁的大人总是忙碌奔波，偶尔闲暇聚在一起喝酒谈天，聊的也是我们小孩听不懂的话题，感觉那是大人的世界，与我们无关。那时我总会想，等我长大了会是什么样，也会变成他们这样吗？说实话，我骨子里是抗拒的，我总觉得自己一定会与他们不同，但怎么不同却并不太明白。

青春期，开始对大人们的事有所了解，那时叛逆，觉得大人俗，挂在嘴边的不是赚钱就是别人家的八卦琐事，毫无意义。有时候因为一点小事，他们会吵得不可开交，我就会想，都这么大的人了怎么思想还这么幼稚。那时，我和大人们的聊天越来越少，感觉他们关注的永远是一些表面的名利，内心都没有一个崇高的理想，对人生也没什么追求。我更喜欢读书，觉得书本里的人才是我的知音，他们有思想有内涵，这才是大人该有的样子。

母亲总会说，你们这一代人啊，赶上了好时候，一定要

/ 目光 /

好好努力过上自己想要的人生。那时我就很抵触，心想，你们也不是七老八十，大好年华完全可以来得及实现自己的理想，干吗要归咎于时代的影响呢？

后来我工作，结婚，有了孩子，自己也成为中年大军中的一员，每天忙完一天的工作，还要照顾家里的生活，被电话、短信时时刻刻缠绕，有时候忙到连吃饭睡觉的时间都没有，哪还有闲暇思考什么人生理想，只觉得能安安静静睡个好觉就是万幸了。有人说每个中年人的背后都是一座大山，能过好一份平凡的生活已经是拼尽了全力，这时我才慢慢理解了这句话。

有时候庆幸自己所从事的职业是没有年龄限制的，而且自我价值感还会随着年龄的增长和经验的丰富不断增加。我对中年危机的感触好像还没有那么深。

李润和我说，现在很多大企业对中年人很不友好，很多岗位的人一旦过了四十岁，如果不是从事要职，就会是淘汰和裁员时第一考虑的对象；而这个年纪的人，往往上有老下有小，一旦失去工作，身上所承担的压力可想而知。听他这样说我才恍惚能理解身边的一些朋友，为什么他们会那么焦虑和脆弱。

有些朋友工作了好多年后，忽然辞职不干了，在家里一待就是一年半载，也没个好的方向；有些朋友离开了北京，选择回小地方做点买卖；也有一些朋友改行做了和之前完全不同的行业……我当时总会诧异他们的决定，认为他们不够踏实和努力，一山望着一山高而已。如今我却越发懂得了他们的苦衷。

中年人往往不太会表达自己的无奈，在朋友面前还要树起一个坚强的模样，实则，夜深人静，他们辗转反侧，被生活的压力压得喘不过气来。父母一天天变老，身体难免会出现一些问题，有些人不幸，父母长年卧病在床，不仅耗时耗力，光看病的钱就是一笔巨大的开销。子女长大，面临着教育升学的压力，有些人为了子女的学业，夫妻一方就会选择放弃自己的事业、全职陪伴孩子，那另一方就要扛起整个家庭的开销。这些压力是年轻人很难想象的，这个时候和他们谈理想，真的有点"何不食肉糜"的天真。

我遇到过一些患者，家境本就贫寒，一家之主的中年人忽然得病，对于一个家庭来说真是灭顶似的灾难。他们来治病时很少提及生活，只是言语中委婉地请求尽量便宜一些。以前我总是会生气，医生又不是商人，怎么可能按人估价，疾病面前治疗方案才是最重要的，讨价还价是对医生这个职

/ 目光 /

业的侮辱。但现在,我开始懂得了他们这句话后面的无奈,人越长大越会共情,因为自己经历过,所以能理解这份艰辛。我从不觉得这世上会有真正的感同身受,没有哪一种痛苦是靠感受能真正体会的,我能做到的就是尽可能地帮到他们,在治疗方案上尽力做一些平衡,同时多了解他们的心理状况,和他们聊一聊,医生的话往往会让患者心生信任,给他们一些希望和力量,往往比治疗本身还有作用。

中年群体是这个时代的主力大军,但也是很脆弱的一批人。他们的脆弱来自没人理解他们的脆弱,也来自社会不允许他们脆弱——中年人的绝望,往往是无声的。

我感恩我的父母、妻子替我扛下了这些压力,其实很多时候我只需要全身心地投入事业中即可。即便如此,我也经常会觉得累,会觉得孤独,有时候遭遇患者的不理解和不信任,下了班还要挤一个多小时地铁回那个出租屋,我也会失落,觉得自己再努力又怎么样,还不是过着如此艰辛的生活吗?但这个念头也仅是一闪而过,我对事业的热爱完全可以抵消掉这些。

我其中一个患者是做程序员的,三十六岁,疫情期间公司裁员,他失业了。在找新工作时他才发现,这个行业里的

16 四十不惑

很多企业都不再招超过三十五岁的人,而他的妻子在小孩出生后就已辞职在家。他在远郊买了一处房子,为了孩子上学只能在市里租房住,一个月六七千的房租,他还有一辆用来接送孩子的车……他和我说:"医生,我的眼睛是否可以不治,或者点一点药水扛下去?"

后来他和我说自己把远郊的房子便宜卖了,想着等眼睛好了就去创业。我也被他的乐观所打动,心想他之所以有这股激情,很大程度是因为妻儿给他的支持和他自己的改变——他接受了中年危机这个挑战,并且信心满满。

家庭的力量对处于中年危机的人有着不容小觑的影响。我见过太多中年人,他们在中年时特别孤独,很大一部分原因是多年来夫妻间的沟通越来越少,感情在柴米油盐中消磨干净。这个时候外部的压力袭来,他们完全无法抵抗,此时他们需要的往往不是钱,而是一种爱和希望。

夫妻之间,患难与共才是最重要的,中年人随着家庭的成立,朋友会越来越少,只有伴侣才是身边最值得信任和依赖的人。爱情不仅仅是两性吸引,还是一种责任,这种责任要求双方缩小自我感受,去照顾和关心对方。夫妻是后天的亲人,感情是需要双方一点点培养出来的,而太多的人总会站在自己的角度去要求对方,认为一旦结婚对方就要无条件

/ 目光 /

地对自己付出。

事实上，结婚才是婚姻的开始，婚后才是双方真正培养感情的时候。婚姻不仅仅是包容和接纳对方的所有，自己也要跟着婚姻一起成长，共同成长的婚姻才有可能走得长久。如果拥有一段幸福的婚姻，中年危机感就会小很多，就像暴风雨袭来，脆弱的房子会瞬间支离破碎，而坚固的房子却屹立不倒。有朋友经常和我抱怨婚姻的不如意，其实想一想，相比中年危机这场暴风雨，干一点家务，退一步认个错，多主动发条暖心的消息，也太容易了些。

很多中年人人生走了过半，反倒失去了方向。年轻时，一心想追求财富、名利、爱情，到了中年要么已经实现，要么也意识到实现不了。这个时候，有些人选择继续沿着这条路走下去，有些人开始对这条路产生怀疑，从而失去兴趣。

现代社会生活中，财富名利固然重要，它甚至成了评判一个人价值的标准，但是否苟同于这种标准却无关于他人，取决于自己的内心。

有一次我哲学课的老师布置下一个作业，让大家回去设想一下自己如果写一本自传，会取什么书名。其实老师就是给了大家一个机会去思考，自己到底为什么活着。是为了功名利禄吗？也未尝不可，如果你在过程中感觉到充实、幸福，这也是一条普世的成功之路。可也有一些人并不是为此而活，他们在实现了功名后反倒觉得空虚无聊，那么就要想想自己的人生目标是什么。

有些人希望经营一个幸福的家庭，有些人希望创造一个改变世界的事业，有些人致力于艺术，有些人苦苦思索人生的意义，这些其实都可以作为自己人生的方向。如果方向清楚了，中年危机也只能算作前进道路上的一个困难，就会有勇气去面对它、克服它。

就像我的那位患者，他说自己的目标就是经营一个幸福的家庭，把孩子培养成一个优秀的人。那么，失去一份工作，卖掉了房子，其实只会影响他实现目标的一些条件，并不会撼动它的本质。他租房子，过上清贫的生活，一样可以把日子过得幸福，甚至有了更多的时间去陪伴和教育孩子，所以他没有迷茫。

论语讲，四十不惑，其实就是四十岁的时候要清楚地知道自己是谁、拥有什么、想要什么，而不应该被周遭的价值观所影响。社会的竞争激烈，人生不如意十有八九，要甘于平淡，但不能甘于平凡的溃败。从某种角度来说，每个人都是平凡人，只是在平凡的生活中拥有一份坚定的信念和面对挫折的勇气的,才是真正的平凡英雄。

未来,随着医疗技术的发展,人类的寿命将会越来越长,如果四十岁已经感觉到老去,那么接下来漫长的半生该如何度过?真的要浑浑噩噩了此一生吗?碌碌无为并不可怕,大多数人其实都是碌碌无为的。不要问年龄,只问自己是否还有对生活的热情,只要觉得自己内心充盈,哪怕是极微小的,那也是有意义的人生。

中年危机应该是发生在本身生活就有危机的人身上的,那个危机不是来自外部,而是来自自己内心,它在给你一个机会,问问自己要什么。达·芬奇在离世前笔记本上还写着,一定要搞清楚啄木鸟的舌头是什么样的。

别迷茫了,汤要凉了。

17
从春游到溺水

幸福的反义词是什么,是不幸吗?
我觉得是麻木。

/ 目光 /

　　李润问我，如果幸福指数是一百分的话，你现在给自己的状态打多少分。我说，九十八。他大惊，怎么会这么高？我也有点诧异，怎么，你不幸福吗？他说，这个问题他问了好多人，多数人的回答都没超过八十分，不知为何我会有这么高的分数。

　　我也有点奇怪，为什么会有这么多人感觉不幸福呢？我就问他，那你觉得哪里不幸福？他一时也答不出来，只是觉得好像并没有那么快乐。我突然明白了，原来很多人认为幸福就一定要天天快乐，这确实有些难。其实，对幸福过高的标准定义往往是造成不幸福的主要原因。

　　幸福的反义词是什么，是不幸吗？我觉得是麻木。

　　当一个人对幸福的感知力越来越少的时候，就很难体会到幸福。在听《积极心理学》课程时，有个特别形象的观点让我记忆深刻，说是现在很多成年人对于幸福的追求分为两种：一种是溺水模式，就是认为只有解脱的那一刻才会幸福，

17 从春游到溺水

在此之前都要忍受痛苦。比如，有些人认为，发财了就幸福了，找到一个爱人就幸福了，创业成功了就幸福了……而在实现此目标前，就是得忍耐痛苦的过程。另一种是春游模式，就是整个环节从过程到结果都是快乐的。就像我们童年听到春游的通知会开心得跳起，会回到家快乐地做准备，然后坐上大巴愉快地和同学们聊天，到了目的地后的每一刻也都十足兴奋，整个过程都充满着幸福的感觉。我们成年后，很难再有这种感觉，慢慢地从春游模式变成了溺水模式，其实就是对于幸福的感知力开始变弱。

也许是我接触的病患太多，见识了太多的苦难，所以我对自己拥有的格外珍惜和知足。

大家无法想象，对于一个眼睛看不见的人来说，拥有一双健康的眼睛是多么幸福的事情；对于一个因为贫穷无钱医治疾病的人来说，一万块钱是多么重要。这些道理很多人都懂，但我真真切切地接触到了他们，所以我经常觉得老天给予我的足够多：能每天睁开眼看到天空，可以住在一个无须忍受暑寒的房子，可以步行走到地铁站，可以有一份稳定的工作……这些都让我非常感恩。

我相信人与人、人与世间万物之间有一种超越语言和行为的联结，如果能用一种正念的思想与世间相处，人就会收

/ 目光 /

到相应正念的回馈。过去的已经过去,未来也是不确定的,我能拥有的只有此时此刻。感受一枚树叶从空中飘落,飘飞出漂亮的弧线,感受一枚橘子瓣在口中爆裂,清甜的滋味蕴藏着大自然的馈赠,这种微小的幸福都是值得珍惜和体会的。当我用这种心态去生活时,我会觉得每时每刻都有种充实的幸福感。

不把某种目标当作幸福的唯一砝码,而是用一种正念的心态去面对当下,用乐观的心态去构建未来,这种人往往无论取得什么结果,内心都是幸福的。比如天赐父子和薇薇母女,他们能时刻地感知到生活中的美好和善意,所以他们对看似绝望的未来依然心怀乐观。直到现在,即便天赐和薇薇都全盲了,我仍然能感受到他们身上那种幸福和乐观的气息。所以幸福不是外部给予,而是内心发起。

幸福是什么,我觉得就是从内心涌出来的对现状的满足,但要做到这一点真的太难。有句话说,没有对比就没有伤害,同理,我认为没有对比也就没有幸福。太多的人总是会用他人的标准来要求自己,有钱了,还要更有钱,有名了,还要更有名,这种不满足往往会造成心理上的焦虑和挫败。

实则,我们国家大多数人所拥有的——有干净的水喝,有安全的居所,不挨饿受冻——已经比全球一半的人要幸运了。《老子》里曾言:"罪莫大于可欲,祸莫大于不知足,咎莫大于欲得,故知足之足,常足矣。"而学会知足是一种思想境界,如果能身体力行地去帮助一些境况不如自己的人,这种付出往往也是一种回馈。因为对比,更能珍惜自己所拥有的;因为付出,更能体会到自己的价值:这何尝不是一种幸福呢。

李润说,你说的这些道理相信大多数人都知道,只是现代中国人,大多数都已过了之前的物质需求时期,到了精神追求的时代。我们上一辈人经历了战乱、饥荒,所以吃饱穿暖、有钱有事业、安稳过一生就是他们最大的追求。这一代人在延续这种价值观的路上越发迷茫,他们发现拥有了物质,但并没有到达他们幸福的彼岸。

我也承认,我接触的患者中,有很多豪门显贵的人,拥有着别人羡慕的条件,但其实他们并不幸福。我也经常看到一些名校学子或者事业有成的职场精英突然轻生的新闻。确实,物质并不能完全实现幸福,它只是一个基层的需求,而幸福更多的是需要从自己的信仰里找寻。这是一种自己坚信并能从中获得力量的信念。比如,有些人把爱当作信仰,在爱和被爱中他就能获得幸福;有些人把爱好当作信仰,在全身心投入爱好中时,不计较回报也能获得幸福;像我,把医

/目光/

学当作信仰,在钻研和实践的过程中能感受到充实与满足,这也是幸福。

我们这一代人,最重要的是要找到信仰,只有信仰能让人活得更加有目标感和价值感,它是迷失时远方的灯塔,也是痛苦时的一种安慰。当一个人有了信仰,物质就会变得更加有意义、有价值,而不只是唯一寻求的目标了。

如何能实现幸福,其实我也没有准确的答案。只是我觉得对幸福太过狭隘的定义,往往是不幸的原因。很多人认为,幸福就一定要每天开心、快乐,没有烦恼,然而人的情绪中,悲伤、内疚、悔恨、愤怒同样有它的价值,就像一颗钻石,因为拥有多面才能绽放光芒,内疚让我们弥补过失,悔恨让我们自强,愤怒让我们对抗不公,所以要接受生活本身就有晴有雨,有起有落。没有淤泥,怎能开出莲花。回首过去的诸多挫折,往往也会有种欣慰和感恩,感恩曾经的自己那么坚强地走了出来。

有人一生都在寻找安稳,内心却总没有安全感,害怕失业,害怕失恋,害怕落于人后,害怕老无所依,这种对安稳的执念也会导致不幸福。我觉得人生怎会安稳,正是因为充满不确定性,人生才显得如此值得期待。就像骑自行车,不动就会摔倒,在骑行中不断地寻找平衡才能稳定地行进。人

17 从春游到溺水

生也是如此，在行进中，太多的不确定性反而会给到不同的选择，在选择中平衡、面对挫折，没有倒地不前，内心有种面对不确定性的自信，才是幸福的最大动力源泉。

曾经有心理学家做过一个有意思的调查，他们对一群中了大奖的人进行追踪。在很多人看来，这些人一夜之间实现了财富自由应该可以享受幸福了，然而结果却让人大为惊讶。这些人平均一个月的时间就回到了曾经的心理状态，甚至更加烦恼，因为一夜暴富是解决了曾经的一些问题，但也会带来更多预想不到的其他问题。我小学的时候，家乡镇子里的一名农村老太太，买彩票中了八万元的现金大奖，要知道在当时，我们整个县里万元户都很稀有，这一下子就改变了她原本贫困的生活。结果她的子女亲戚开始为此争抢，给她造成极大的痛苦，没几个月老人就去世了。

这个事情让我反思良多，人生是需要一个目标，但这个目标不应该是一个有限游戏，过程才是一个人幸福的综合体会，所以用积极的心态去拥抱不确定性，给自己一个强大的信念，才是通往幸福的必备条件。

积极的心态和强大的信念说起来容易，想拥有并非易事。对此心理学家做了另一个调查，就是对--些意外致残的人进

/ 目光 /

行追踪，研究人在经历巨大的打击后是否还能找回乐观的心态。结果发现，除了一些极特别的个案，大多数人平均用一年的时间就可以从伤痛中走出来，重回受伤之前的状态。人的抗压力、环境适应力以及求生的能力都是超乎想象的，永远不要小看自己，也不要放大痛苦，我们完全有可能通过自己的努力去塑造正向的心态。

人在面对某一种痛苦时，有一个很有效的缓解方法，就是自我解离。当人陷入一种痛苦中难以自拔时，要试试自我解离，把"我好痛苦"变成"我现在正在被一种痛苦捆绑着"，把自己从主人公视角变成旁观者视角，也就是我们常说的"当局者迷，旁观者清"。

人们在作为旁观者时往往能理性又平和地看待和解决问题，而轮到自己时常常又左右徘徊无法自救。每每我遇到此类问题时，我都会想到这个方法，然后自我解离，再去观察自己，体会那个痛苦的来源和形状，然后尽量去把它客观化，然后会发现它就像一团气体笼罩着我，只需要一股风就可以将其吹散。

我有一个抑郁症的患者，他说他一度被抑郁症折磨到差点自杀，每次抑郁情绪涌上来的时候，他都无比痛苦，觉得全世界都是黑暗的，身心都受到一种巨大的摧残。后来在医生的帮助下，他开始自我解离，去审视抑郁症：是什么触发它发作，发作时它的样子是怎样的，它害怕什么……

慢慢地，他开始能和抑郁症相处，他说它就像一只猛兽，如果你害怕它，它就会无比凶恶；如果你正面与它对视，一点一点地找到它的弱点，然后去驯服它，它就会变成一只乖巧的宠物。

幸福是一个过程，从来不是终点。

不如问自己这样一些问题，假如你现在的问题已经解决，你要过什么样的生活？有钱了，你会干什么？辞职了，你会干什么？拥有爱情了，你会干什么？如果有答案，不妨现在就可以看看，是不是可以不用等那个前提，有些事就可以进行了。

18

念念不忘,必有回响

至少你还有呼吸,有心跳,有意识,
你可以选择去爱这个世界,
爱自己的身体,爱周边的人。

/目光/

爱是一个大的主题，几乎所有的文学和影视作品都对其有所折射，有对自我的爱、对亲人的爱、对爱人的爱、对社会的爱、对职业的爱、对家国的爱、对世界的爱。

我一直觉得爱是人类存在于这个世间最强大的武器，也是最脆弱的软肋。为了爱，我们才存在。有爱慰藉的人，无惧于任何事物、任何人。我不敢想象，如果世间没有了爱，那该有多么冰冷，甚至万物都失去了存在的意义。

在我心中，爱是多元的，因为人是个体，也是社会的一分子，是家庭的成员，是公司的职员，是世界的公民……在不同层面上拥有不同的爱，最终才能构成一个如钻石般闪耀的多面体。爱是人生而就具备的一种能力，先是父母的爱，再是对朋友，对爱人，对职业，对社会的爱……随着年龄的增长、心智的成长，爱就像水慢慢从小我到大我流淌，浸润了世间。

我在医院每时每刻都可以感受到爱，每个患者对生命的

18 念念不忘，必有回响

渴望其实也是对自己的爱，每个家属对患者的关心是对家人的爱，医生对患者的治愈是对他人的爱，那么多志愿者、陌生人对素不相识的人的帮助与付出，那么多科研工作者倾注热血去攻克疾病，这是大爱。

这次受伤真的让我体会到了世界有大爱，看着那么多陌生人给我的留言，那摆满一楼道的鲜花，我心中万分感慨，我只是一个小小的个体，却有这么多人用他们的行动告诉我，我们远比自己想象中更值得被爱，也正是因为这些爱，让我有勇气走了出来。

爱与被爱是不可分割的，越是有爱的人越能获得更多的爱。所谓"念念不忘，必有回响"，如果用一种爱的意念去对待他人、对待世界，这种磁场同样会吸引到爱，这也是禅修所说的正念修行。

我在德国的时候，看到机场有很多出租车司机在排队候客。我朋友告诉我，这些司机通常需要排两三个小时才能接到客人，如果客人是短途的，基本他们大半天就浪费了，所以德国人会自觉地根据自己的路途远近而选择是否乘坐他们的车，如果是短途，他们宁愿走到外面再去打车。

我听后还是蛮感动的，这就是陌生人之间的一种善念。

/目光/

有时候帮助他人真的是举手之劳,可是太多人低着头忙碌,眼睛里很难有他人,更看不到他人的需要。如果在日常中,利用一点时间去观察一下他人,体会一下他人的疾苦,去尽一点绵薄之力,其实是一件特别幸福的事情。

大学毕业后,我参与了很多公益活动,无论是"健康快车",还是日常走进社区和学校做一些眼睛保护的活动,或者通过一些软文或视频进行眼睛健康的宣传和普及,这些事都让我的内心很充实、愉悦。我跟着"健康快车"到过广东韶关、江西乐安、吉林白城、河南漯河……历时一年,做了近六千台手术。

这个过程无关任何名利金钱,纯是公益奉献,患者对我也极度信任,我也尽我最大的努力去帮助他们,这种实实在在被需要的价值感,让我内心极为充实。

很多人说我心中有大爱,实在愧不敢当。大爱是一种境界,就像爬高山,不仅需要内心的赤诚和爱,还需要智慧和能力。

小时候,我们以为爱就是给予:对方饿,我们给食物;对方穷,我们给钱。事实上这种爱很狭隘,有时会适得其反。曾经有一个名人,他捐助了一个山区的孩子,结果这个孩子上大学后一味地索取，利用他的善心步步相逼，搞得他筋疲力尽。这也说明了自己认为的爱有时候反而会害了对方。

我听过太多公益大使说，公益这条路很艰难，授人以鱼不如授人以渔，如何授人以渔是需要智慧的。我自认为自己还没有达到这种境界，我还需要继续修炼，希望通过更有效更智慧的方法将爱心放大，让爱起到正向的作用。

由于职业原因，我一直关注着盲童这个群体，尤其是孤儿盲童。他们像被暴晒在阳光下的种子，身心都需要爱的滋养，我希望通过我的微薄之力，能带动更多人帮助他们，不仅仅是捐钱捐物给他们基础的生存保障，还需要给予他们更多的尊重以及职业的扶持，让他们能在这个社会上独立生存，找到自己活着的价值和意义。

经过这次危难，我也发现，最需要爱心的地方其实是医院。医院集中了太多被病痛折磨的患者，也集中了忙得不可开交的医护人员，这两者其实都需要尽可能多的公益支持——给患者一些帮助和安慰，让他们在疾病面前多一个臂膀；给医护人员帮一把手，维持一下秩序，保护一下安全，让他们有更多精力专注在治疗上。现在我们的很多公益行动都独立于医院之外，接下来我也希望通过一些方法把公益组织引入医院中，共创一个和谐有爱的就医环境。

/目光/

而感知爱，也是一种重要的能力。成年人的世界，压力总是会被藏起来，人们习惯自我排解，然而不是每个人都有排解压力的能力，时间久了就会影响身体健康。

我觉得排解压力主要有两种方法。第一种就是自我的正念冥想。当感受到压力时，给自己十分钟的独处时间，把大脑放空，静静地感受一下身体的变化，让它一点点放松下来，感受自己的呼吸和大脑纷杂的思绪，让它们一点点静下来。十分钟，足以让压力和坏情绪得到缓解。第二种就是去寻找外部帮助，比如向亲人朋友诉说、沟通，或者转换一下思绪，聊一些有趣的话题。其实诉说本身就是一种解压的方法，就好像一个恐怖的东西，你把它拿出来正视它、诉说它，慢慢也会觉得它不过如此。

网络时代里太多的互联网手段改变了人们曾经的社区模式，电话、视频、短信、留言等，人与人看起来非常近，只要拨一个号码马上就可以同他联系。但科学家发现，爱是需要面对面传递的，虚拟世界传递的更多是兴奋感，它不能真正构成爱的联结。

我们也发现，小朋友都不喜欢视频聊天和打电话，如果你见到他们，他们会有很多话题和你聊，但是面对视频却往往比较冷淡与厌烦。因为小朋友很难从虚拟世界里感受到爱，面对面在一起不仅仅是语言的传递，更多的是一种磁场，这种磁场包括眼神、微表情、抚摸、周边环境等。所以当小孩和你玩的时候，他们会触碰你，会和你对视，会有很多细节的传递，这就是爱的传递。所以如果想获得感受爱的能力，就要多去和人接触，去观察细节，去倾听，去感受他们的微表情，去理解他们的心情，让彼此能建立起一种正向的有爱的磁场。

比如砍伤我的那个人，据后面了解才得知他和父母、兄弟姐妹早已断绝来往，长期处于一种极度封闭和重压的环境中。他的精神远比他的物质还要贫穷，因为被满满的仇恨包裹，他丧失了感知爱的能力。

爱他人和被爱，是人存在于这个世界上很重要的价值，也是人终其一生要去学习和锻炼的能力。物质富有，有时候由不得我们自己，但精神富有却是我们的一种选择。可以从这一刻去感受一下你所处的环境，哪怕身陷黑暗，但至少你还有呼吸、有心跳、有意识，你可以选择去爱这个世界，爱自己的身体，爱周边的人。

因为爱，是可以治愈世间的一切苦难的。

19
未来可期

所有的技术和制度都只是手段,
我们首先需要做到的,
是从内心深处践行"以人为本"。

/ 目光 /

　　我经常想未来医疗会是什么样子，是否真可以如科幻片里演的一样，家里有一个"大白"，不仅存储着顶级医学知识，还拥有人类的情感，无论任何病症，他都可以轻易治愈。也许会有那么一天，但我觉得那时可能会是另一种状态——也许人工智能达到一定程度，人类也就退场了。

　　现在，我每天还如往常一样，挤一个小时地铁赶到医院，穿过人流汹涌的医院大堂、电梯、楼道，换上白大褂，迎接一个又一个患者。他们有着各式各样的不幸，我只能尽自己的可能化解一些疾病痛苦，至于他们个人、家庭的种种问题，我也束手无策。

　　互联网改变了很多行业，但医疗行业这二十多年并没有发生太多的变化，只不过可以在网上挂号了，付款可以扫二维码了，看病在本质上还是医生和患者一对一的事情，并没有太多区别。我出事以后，医患矛盾也被推上了一个舆论高峰，很多媒体也希望我能对此谈谈看法，是否可以改变或者

19 未来可期

呼吁一些什么。事实上，复杂的问题不能指望一朝一夕就可以解决。医患矛盾，不能简单地归结在医生和患者身上，还有社会法规、医疗体系、就医环境、服务配套等众多因素，而医生和患者只不过是露出水面的一部分冰山，要想改变，还需要从水面以下的部分着手。

对于医生来说，每天都要面临众多患者，每个人的病症都不尽相同，与每个患者交流和沟通的时间也仅有几分钟，其间还要时刻注意流程合规等问题；对于每个患者来说，都觉得自己的病是最重要的，自己的时间是最宝贵的，而医生的精力和耐心分摊到每个患者身上就会显得不足，甚至有患者觉得医生冷血无情。

对于患者来说，挂一个号要提前好久预约，千里迢迢赶过来，见了医生不到几分钟，就被开出一堆自己看不太懂的单据，晕头转向地被指挥到各个地方交费、做检查、化验、再等结果、再挂号……疾病本身已让他们心力交瘁，加上艰难的就医过程，会让他们更加处于情绪崩溃的边缘。

医患双方各有各的辛苦，站在任何一方指责或要求另一方都显得不近人情。事实上，这一切真的没有办法改变吗？医生和患者就一定是供求两方的对立面吗？

在休养的这段时间里，我也细细地思考了很多医疗现状的问题，确实很难有一个立竿见影的举措，看似只是医患矛盾，但真要改变，关系到政府、行业协会、医院、诊所、药厂、药店、社保局、社区、患者等众多关联对象。从患者的角度来说，看病难、看病贵几乎是最大的问题；从医生的角度来说，病人多、流程烦碎、病人不理解是最大的问题。这两者综合来看，就是医疗资源紧张，求大于供的问题。

然而，确实如此吗？

据不完全统计，我国各级医院的数量有3.2万家，医疗卫生机构已超98万家，全国卫生人员总量达1117.3万人，其中执业（助理）医师339万人，乡村医生90.1万人，按人口基数比例来看，我国的医疗资源并不算少。

造成看病难、看病贵的主要原因是优质医疗资源太少，患者往往一窝蜂往大医院扎，而有近一半的医疗资源是被浪费的。如何能有效地利用好基层医疗机构，发挥出它们应有的功能？国家目前主推的分级诊疗——小病就应该在小医院看，大病再转到大医院就诊——就可以有效地缓解大医院的就诊压力。

然而具体执行起来的确存有困难——作为患者，他们常常无法分辨什么是大病，什么是小病。很多疾病初期往往无法断定它的严重性，若一开始以为是小病，结果拖成大病，那么最后会导致人财两失。

我综合了身边一些医生同行的建议和自己的思考，提出以下的建议，这也许只是一个理想化的蓝图，但希望未来医疗能朝这个方面去改进，最终构建一种和谐的医患关系。

首先，设立家庭医生。医学院可以扩大招生量，开设家庭医生专业，除了在专业层面上进行全科培养，还可以增设慢性病康复、婴幼儿照护、心理治疗、家庭关怀等方面的课程，培养更多家庭医生。大的楼盘和社区可以开设相应的家庭医生办公室，地产开发商在开设楼盘时，如果像设立物业机构一样，配套相应的家庭医生专业室，设置一些基础的医疗器材并且捆绑医保，家庭医生按人口基数进行匹配，每个家庭医生分摊一部分家庭，尤其是对一些有婴幼儿、老年人、慢性病、残障人员的家庭进行重点看护，并且设立用户满意度评价体系，将用户反馈作为家庭医生薪资和级别调整的重点参考数据，以保证家庭医生的服务质量和上升空间——参考互联网公司以用户为中心的商业化运作模式，最大限度地去激发家庭医生的主动性和服务质量。每个用户家庭里配置一些基础的健康终端产品，比如体检仪、睡眠仪、腕表等。随着科技的发展，未来纳米技术和传感技术可以随时随地检測一些人体的基础数据，如血压、血糖、血尿酸、体脂等，这些数据可以适时地上传到用户健康档案里，家庭医生可以随时查阅与追踪，根据这些基础数据能清楚地看到用户的健康状况，并及时地干预与治疗。这样下来，就可以最大限度地发挥基层医疗机构的作用，而家庭医生在第一线与用户接触，也容易与患者形成信赖感，可以对孤寡老人、慢性病患者、残障人士进行心理疏导和日常照护，从而避免一些因未能及时就医而酿成大祸的事件发生。

其次，加强医联体。将家庭医生办公室、社区医院、大医院数据打通，每家三甲医院直接管理下面数家社区医院，家庭医生办公室日常收集的用户数据都可以共享；当家庭医生预判到一些严重的病症后，及时向上反馈，三甲医院可根据基层医院的检测数据做初步判断，如果确认需要向上治疗，即打开绿色通道，将患者转移到三甲医院，交由专科医生进行诊治——第一，这样可节省大量的检测时间；第二，也有效地实现了分级诊疗。家庭医生作为初诊，对患者的情况比较了解，在家庭医生办公室就可以完成患者的健康档案以及诊前必备的一些工作，专科医生可以最大限度地将时间用在治疗患者上，而不是用在初诊问询和等候检测结果上，这也大大缩短了用户就诊时间，可以有效地实现小病在基层医院治、大病在大医院治的分级诊疗模式。当患者在大医院结束治疗，进入康复观察期后可再转回到基层医院，进行日常的输液、照护等工作，专科医生也可以和家庭医生定期进行康复期会诊，以保证患者的平稳康复。这样也能最大限度地缓解大医院床位紧张的问题，保证重症患者住院的需求，将一些慢性病、康复期的患者安置在基层医院或家里，患者的感受也会更好一些。如果在康复期出现问题，可再转回大医院，如此循环，不仅可以最大限度地发挥基层医院的作用，也可以缓解大医院就诊和住院的压力。

再次，治疗方法标准化。现在很多医院之所以就诊人数多、压力大，很大程度上是因为有足够经验和资历的医生较少，患者往往都是冲着某一个专家而来的，而专家的很多时间都耗费在了一些小病的接诊上——专家往往不仅要出门诊，还要做科研、带学生，精力有限——治疗小病的确是对专家时间的消耗，患者也会觉得挂专家号又贵又难。我想可以通过大数据的手段，将专家的临床经验和治疗方法进行标准化研究，输出各类病症的治疗方法，这样普通医生在接诊时，通过患者的健康档案数据，电脑就能分析出基本的病情以及相似的患者案例，并给出曾经治疗的专业方案供普通医生参考，普通医生可结合临床情况对患者进行治疗；如遇到特殊

/ 目光 /

的疑难杂症，再请专家进行会诊，这样一来可以提升基层医生的医疗水平，也能最大限度地节省专家的时间，将专家的精力和能力放在最需要他的地方，专家可以有更多的时间做科研、带学生，大大地提升医疗效率。

然后，研发可穿戴设备。国家可重点鼓励和支持一些医疗科技公司，研发更新锐的个人健康可穿戴设备，未来可能只需要一块腕表，就可以检测到个人的身体状况，无需复杂的采血过程，通过汗液和皮肤表层细胞就能检测出大量的健康数据。就像一辆智能汽车一样，有任何地方出现问题，都会及时预警，患者可自行了解，家庭医生也能及时帮治。现在有很多突发病例，比如心脏病、心脑血管病等，从发病到死亡的时间非常短，往往发病前患者自己都不知道，一下子晕倒就去世了，实在可惜。如果未来的可穿戴设备可以随时检测到这类风险，及时通知患者家属及家庭医生，就能最快地给予治疗，不再让此类悲剧发生。除了可穿戴设备，用户家里可以配置一些基础的个人检测设备，数据可以随时上传到家庭医生那里形成个人健康档案，家庭医生也可以根据数据的变化和趋势，提前预判一些疾病的发生；家庭智能设备也可以给用户提出合理的生活膳食以及运动建议，帮助用户早预防、早治疗、早康复。

19 未来可期

最后，营造全面的就医环境。目前一些行业协会、社会福利组织、民间公益组织相对来说都是独立存在的，未来可以将这些组织引入医疗体系，对一些需要救助的个体进行提早的跟踪救助，同时一些公益组织也可以招募志愿者，配合家庭医生对一些孤寡老人、残障人士、孤儿等进行单点扶持与救助，可以全方位地为患者的身心给予温暖照护。这次砍伤我的人，就是在疾病和生活的折磨下产生了报复社会的扭曲心理，如果有人能提早给予他一些心理疏导，也许就不会造成这次恶果。

从医这么多年，我越来越觉得疾病对于患者来说固然可怕，但最可怕的是患者失去对生活的希望。有很多不幸的患者，他们的生活异常艰难，但他们心怀感恩，对生活充满希望，活在这人世间的每一天都用尽了全力，所以就能乐观地面对疾病。有时心理作用的力量远大于药物，如果一个人心态积极，那么身体自身会产生很多有益的抵抗力去对抗疾病，相反，越是心中灰暗，疾病就越加张狂。

我渴望有一天，这种理想化的医疗环境得以实现，患者可以感受到作为一个病人享有的温暖和福利，而医生也能发挥自己的最大价值，与患者共克病痛。那时，医患之间的矛盾可能就会大大缓解，不至于让此成为阻碍医患之间齐心对抗疾病的拦路虎。"锲而舍之，朽木不折；锲而不舍，金石可镂。"每每我在医院中心力交瘁时，这两句话总会浮现在我脑海中，现在只是黎明到来前的混乱，相信我们会迎来一个不一样的医疗环境。

我在各种医疗论坛上也看到类似的观点，包括家庭医生，包括分级诊疗，包括云医院等，这些美好的愿景就是我们医疗行业变革的未来，每一名为之奉献的医护人员、科研工作者、政府和行业协会的工作人员、媒体人、企业家等都将是这块蓝图的缔造者。我不敢奢望科幻电影中的神奇场景能够成为现实，那好像离我们太远太远，我只希望我们每个人都能抱着一颗乐观的心去迎接这一天的到来。

我希望可以有更多的人加入到天下无盲的行动中，搞科研的、开发人工智能的、研究有机生物的、从事公益慈善的人士等等，每个人都能为未来医疗努力一小步，那么很多我们现在无法攻克的疾病，都将会被一个个治愈。

所有的技术和制度都只是手段，我们首先需要做到的，是从内心深处践行"以人为本"。

后记 1

天下无疾,医护卸甲

/ 目光 /

说实话,当完成这本书最后一章的时候,我仍然觉得有点不可思议。它就像一把手术刀,一点点解剖了我的思想,将它们更系统更直接地呈现了出来。这样看来,它比我预想的更有意义。如果说医学研究是关于身体、关于疾病的思考,那么这本书就是我关于人生、关于内心的洞察。

首先要再次感谢杨硕大夫、志愿者刘平、患者家属田女士、护士陈伟微以及快递员赵先生,是你们那天的奋不顾身、挺身而出才让我死里逃生;感谢医院领导以及救治我的医生们,是你们第一时间给我实施了最好的救治,让我从鬼门关里爬出来;感谢市委、市政府、卫健委的领导们,感谢你们对我的关注以及对我家人的照顾;感谢我受伤后九三学社、医学会、医师协会、"健康快车"、北大人民医院的老师们在疫情期间冒着被传染的风险第一时间探望与关心我,你们给了我巨大的安慰和温暖。没有这些,我不可能从生死边缘走出来。

后记1 天下无疾,医护卸甲

感谢我的父母、妻子和女儿,你们的坚强和乐观是我最强大的后盾,在我伤病期间,是你们用最无私的爱一直陪着我,见证我所有的脆弱与坚强、痛苦与快乐,让我体会到亲情的伟大和包容,给我最大的安全感。能成为家人,我此生有幸。

再者要感谢本书的联名作者李润,碍于我受伤后左手还未恢复,只能劳他代笔,说是代笔,实则是我们共同碰撞、交流、创作出来的。他是我的校友,也是我近二十年的挚友,我遇袭的事情对他的震动非常大,所以当我邀他为我写书时,他推掉了一切工作以纯帮忙的方式一口应承下来,这一点,我非常感动。他为了写好这本书,查阅了我过往所有的资料、媒体采访,以及我自己平时写的一些小文,他还采访了我的父母、妻子、同事,认真地做了记录。为了配合我的时间,他追我到医院、科研室、康复中心,甚至很长一段时间住在我家,只为等我挤出一些时间和他一起创作。他是文科生,和我一样也喜欢哲学和心理学,读过很多书,所以我们针对一个又一个的主题深度讨论,常常一聊就是两三个小时。他一直说压力很大,他自己的书想怎么写就怎么写,而我的书,他要把我的思想挖出来,把我多年的沉淀最大限度地呈现出来,这才对得起我,对得起我的读者。人生得一知己,真是

/目光/

太幸福了。

也感谢本书的策划公司白马时光团队,在李国靖先生身上我感受到了他对文学的热情,他觉得受伤事件让大家认识了我,而我的思想才是真正有价值的东西,这本书的意义也正在于此。每次沟通,彼此都能感觉到相同价值观的碰撞,这让我心怀热忱。

最后要感谢所有认识和不认识的朋友们,包括我的同学、同行、患者与支持者,以及媒体、合作伙伴、文化行业等各行各业的朋友们,正是你们对我的关心让我真正体会到人间大爱与温暖,让我在整个伤病期间充满着希望与光明,也让我下定决心一定要用更多的爱去回馈这个社会。

写下这本书对我来说充满挑战,我不想让读者同情我,不想让这次砍伤事件成为我的标签,我只想通过这本书,给自己一个内省的机会,梳理一下自己这半生的思想成长,如果能给读者一点点有益的启发,那就是值得的。

从医是一场修行,这条路艰辛又漫长,但我此刻无比坚定,因为上天给了我一次重生的机会,我想用我的余生去创造更多的价值,去帮助更多的人。生活的意义本就不在于获取,而在于付出,将自我的小爱放大成大爱,用大爱去实现自己短暂人生的价值,便不枉此生。

后记 1　天下无疾，医护卸甲

　　我愿变成一支燃烧的蜡烛，用自己微弱的光芒照亮和感染他人，引燃更多的烛火，如同天空繁星，永恒而璀璨。

　　我也希望有朝一日，天下无疾，医护卸甲。

后记 2

那个叫陶勇的人

/目光/

2003年，我第一次认识陶勇。那时我也在北大上学，接到了一个老师交代的任务——接待一队从美国来访的学者。结果接待的前一天，我家里突发急事，一下子让我分身乏术。我同学便向我推荐了陶勇，说他英文好，学识渊博，又懂美国文化，也熟悉北京历史，是个绝佳人选。果然，陶勇一上，事情完美收官，美国来的学者对陶勇赞不绝口，对北大和北京都留下了美好的印象。

欠了陶勇这么大一个人情，我自然要隆重答谢一番的，北大西门撮了一顿热辣辣的烤翅后，我俩就成了相见恨晚的朋友。我学文，他学理；我感性，他理性；我风趣，他古板。就这样，机缘巧合，各取所需，缘分天定。从此，他积水潭那个研究生宿舍成了我周末经常光顾的地方。他那个宿舍是一个非常老旧的宾馆改造的，外墙爬满了暗绿色的爬山虎，原本就处在一楼的宿舍更加幽暗，中午都难透进光来。厕所、淋浴间、洗漱间都是公共的，所以经常看到各种裸男在走廊里穿梭。楼管大娘

后记2 那个叫陶勇的人

见多了此类"香艳"场面,依然保持着一楼之主的威严。

我每次去陶勇宿舍都会被楼管大娘厉声盘问,有一次我和陶勇一同回来,一向凶巴巴的大娘见到陶勇就像见到亲儿子一般喜笑颜开,让我大为震惊。可见,陶勇这个中老年妇女之友的魅力从那时就显现出来了。陶勇脾气非常好,说话温柔,又能让人产生共情,同时面对老太太们反反复复的情绪,他还能干脆利落地给个主意,所以深得老太太们喜欢。果然,在后来十几年的时间里,陶勇陆续认了四五个干妈,有他的老师,也有他的患者,过年过节期间,不是这个干妈给送好吃的,就是那个干妈给买衣服,真是羡煞我等。

接触久了,发现陶勇是一个"非正常人类"。他像一台高速运转的计算机,也是一本能直立行走的百科全书,是天天打满鸡血的励志达人,也是同情心泛滥的爱心大使。他仿佛天生就是为从医而生的。

我记得有一次大家谈到梦想,那时一贫如洗的我们大多都梦想着能发大财,只有他双眼饱含热情、四十五度角仰望天空,口中念念有词:"我要攻克癌症,留名史册。"把我们震得半晌没人接话。他有这个热情,并不是空口白说,而是真正落到日常行动中的。在书里看到这样的人我们会奉为偶像,但身边出现这样的人,大家会觉得非常"奇葩"。他每日从医院回来

/目光/

就一头扎在电脑跟前写论文、做课题到半夜一两点钟,然后早上五六点钟就起床,说是要去医院查房。周末好不容易休息一两天,他也把日程安排得满满当当,大早上就跑去郊区屠宰场买猪眼,然后血淋淋地带回试验室开始一天的研究。后来他又开始自己养猪养兔,身上总有一股猪屎味。有时,我们想拉着他去玩,他就会告诫我们:"一帮不学无术的家伙,不觉得浪费时间吗?"生活中听到这样的话,难免万分扫兴,有时真想揍他一顿。不过,他到底是人类,所以偶尔碍于情面还是会和我们出去吃饭、打电游、唱K。只不过有他在的场合,往往话题聊着聊着就变成了一场励志演说,搞得大家都热血沸腾的,纷纷表示,不行,我们太堕落了,从明天起,我也要早起学习!然而,这碗鸡汤也只不过管用了一晚,第二天大家就又恢复到了原本的样子,内心十足挣扎。如此反复之下,大家开始避见陶勇,好像见了他就看见了心中那个吹牛的自己,略有惭愧。但堕落久了,又十分想念他,听他骂上几句好像又能打起一些精神。陶勇就是这么一个让我们又爱又恨,但又离不开的奇葩。

　　好像在陶勇身上发生什么奇迹,我们都不奇怪,因为早已被震撼过太多次,有些麻木了。别人发一篇SCI文章恨不得被剥一层皮,这家伙悄无声息地就发了七十九篇,刚开始的时候,我们还惊讶纷纷,然后从惊讶到"羡慕嫉妒恨",最后演变成

后记2 那个叫陶勇的人

只要听到他发表了一篇,我们下意识只有一句话:"在哪儿吃?"北大毕业那天,他作为全校毕业生代表上台讲话,不认识他的人都会惊叹,好厉害呀!只有我们波澜不惊,觉得不是他才奇怪。后来,他又获得了北京十大杰出青年医生、人民医院最年轻的副教授等殊荣,我们也已见怪不怪,逼他请客。在我们心中,这种牛人我们这辈子也赶不上,占点便宜最实惠,人性劣根性尽显。

除了在事业和学业上超乎人类地上进,陶勇的时间管理也令我们震惊。记得有一次我约他谈事迟到了十分钟,结果事没谈成,还挨了他半个小时的数落,到最后我简直恨不得跪下来向他承诺以后再也不迟到了。他自己是个非常守时的人,约好的时间绝不会迟到,有时他来早了,就会拿出电脑处理工作上的事情,尤其在人声鼎沸的饭店里,他那独自运指如飞的场景真是引人注目。他对时间的珍视远超我们平凡人,我们甚至有时会觉得有些不近人情。以前我还偶尔给他打电话问候一下,近年来,没有重大事情我根本不敢给他打电话。他会在接起电话的第一时间急促地追问"什么事""说"。这种气压下,没啥正经事的人根本不敢废话,感觉聊天是在浪费他的生命。

生活上的陶勇却可以称为一个白痴,但凡和工作、学业无关的事,他压根儿不会关心,对钱也没什么概念。读研时,他

/ 目光 /

的床底下有一个很大的铁皮桶,他会把脱下来的脏衣服通通塞进去,直到塞得瓷实、再也塞不动了,才一股脑儿扔进洗衣房那种收费洗衣机里一通搅。有一次他准备参加一个全国医学领域的演讲比赛,为了准备充分,他喊我到他宿舍听他排练。听完我完全提不出任何意见,只好问了一句,你到时候穿什么。他从桶里扯出一件皱巴巴的衬衫给我看,被我当即否定,然后在我的怂恿下,他斥巨资添置了一身西服,当天他表现出色,顺利拿下第一。没过多久我再去他的宿舍,发现那身西服已经功成身退,被狼狈地塞进了铁皮桶。在吃的方面他更是"令人发指",在他从德国留学回来后,因着好久未见,便相约到他的租住房聊天,电话中他兴冲冲地说:"我给你做饭吃!"我激动万分,想着能劳陶大师花一个小时做饭,我这面子真是比天都大了。到了他家后,我眼瞅着陶大师先是烧了一锅开水,然后把一堆从超市里买的丸子、饺子、冰冻海鲜等通通倒了进去,最后放了点酱油就给我盛出来了。我整个人都呆了,他还得意扬扬地说,我在德国学的,特别好吃,你尝尝。看我颤巍巍地拿起筷子,他恍然大悟,从身后拿出来一瓶辣椒酱,说蘸着吃更美味。我有些难以接受:"你在德国就吃这个?"他说:"是啊,你知道吗,德国人不吃鸡头鸡爪的,我很便宜就能买到,然后这样煮着也很好吃。"

后记 2 那个叫陶勇的人

　　陶勇对物质的要求一向极其简单,从上学到现在完全没有变过。这阵子因为要帮他写书,为了配合他的时间,我不得不暂住在他的宿舍。时间在陶勇身上仿佛是停止的,他的吃穿用度还和上学时一样,而我早已接受不了这种寒碜的生活:卫生间的淋浴头一看就是用了多年,水管僵化,水流凶猛,打开龙头水流像一条摇头晃脑的蛇;床上的床单、被子、枕头还是多年前的超市货,盖在身上又硬又滑,我一宿都没睡好。就在对面床的陶勇却睡得那般香甜,我就想,这家伙真是完全摆脱了物质的约束,活到了一种无敌的境界了。

　　陶勇是一个气场特别强的人,虽然个性古怪脾气臭(对外人正好相反),但大家都很喜欢他,有时被他数落几句还挺受用。因为他太坚定了,像一棵参天大树,根扎得极深,外界的风吹雨打根本动不了他分毫,和他在一起,总会有一种莫名的安全感。毕业多年,我们从二十多岁一步步走向不惑之年,岁月的洗礼让很多人都变了,只有他还像二十来岁一样活得那么朝气蓬勃。没有他的聚会,我们聊的都是家长里短,生活的不易和自我的迷茫,只要他一到场,气氛会瞬间变化——他会对我们挨个儿进行灵魂拷问——你在做什么?怎么样了?取得了什么成果?你喜欢吗?为了应对他的提问,我们不得不再次反省一下自己的人生价值。不过近年来,他性格柔和了很多,也

/ 目光 /

可以接受我们这种堕落的人生了。他说,只要你觉得开心就行。成年人如何能做到开心真的是一门大学问,每每午夜梦回,总会自我怀疑,这是我想要的人生吗?但也找不到更好的答案,这时就会特别羡慕陶勇,觉得他活得最简单、最真实,赤子一样投入他的事业中,那是来自灵魂的充实和幸福。

此次陶勇被伤,真是震动了我们整个朋友圈,大家完全不相信会是他,直到在网上看到他血淋淋躺在担架上的照片,我们好多人都崩溃了。一时间胸口憋闷,眼眶发热,心情极为难受。其实这么多年因为他工作忙,我们也很少能见面,但他在我们心中一直没有任何变化,他仿佛活成了我们内心中的那个自己,只要他在,我们就还能感受到曾经的那份纯真与炽热,而如今他被伤了,我们有一种心底的梦被击碎的感觉。我当即就买了去往北京的火车票,到了火车站得到消息说,因为疫情,陶勇抢救的医院根本进不去,让我不要来了。我在火车站大哭,给他打电话一直没人接听,给他家人打电话也没人接,我心慌得难以自持。整个春节,大家都在微信群里给他祈福,大年初一,还有几个朋友冒险开车去了一个野庙里烧香祝祷。终于,在初六那天,他在群里发了三个字:"我很好。"大家兴奋极了,赶紧追问他状态如何,他一直没有回复,想来是他的手根本没法打字。又过了两天,他才在群里又说了一个字:"疼。"这时,

后记2 那个叫陶勇的人

我也看到了几篇关于他的报道,想着他躺在ICU该有多么痛苦、多么绝望,眼泪还是止不住,边哭边一气呵成为他写下一首歌:

勇

(献给我的好友陶勇)

词:李润

你问我,
为什么会有黑夜,
那是因为有光要进人间;
你问我,
为什么会有雨天,
那是因为,
太阳也会悲伤。

你问我,
为什么要去爱,
那是因为,
那是你心中的力量;

/ 目光 /

你问我,
为什么还要恨,
我说宝贝,
那只是暂时的逃亡。

你哭了,
你说你不坚强;
我笑了,
你的勇比光还辉煌。
只是你忘了,
勇是热血汹涌,
也是眼泪翻滚;
勇是你面对黑暗的英勇,
也是迎来光明的信念。

你问我,
为什么要有上帝,
那是因为这世界需要信仰;
你问我,
为什么天使从未出现,

后记2 那个叫陶勇的人

那是因为有你这样的人扮演。

你笑了,
你说你太渺小;
我哭了,
你的勇是上帝的光。
只是亲爱的你,
勇是担当前冲,
也有身后目光;
勇是你存在意义的功勋,
也是平凡生活的坚韧。

因为我太过清楚陶勇几乎把他的全部都投入了他的事业,所以,遭此劫难,我不知道他会不会怀疑自己这么多年的坚持。我害怕他从此一蹶不振,害怕我们心中的那份赤诚就此死去,害怕我们身边唯一一个坚持真善美的人得不到好报。我想告诉他,你依然是我们心中那个单纯的小孩,不管任何风雨,我们都会保护你。

然而完全超乎我们的意料,三个月后再见到陶勇,除了

/ 目光 /

身上那些醒目的伤疤,他还和被伤前一模一样,甚至还胖了一圈。他自嘲道:"这三个月啊,是我人生中最轻松的三个月,啥也不用做,吃了睡,睡了吃。"原本我们准备了一肚子安慰的话,竟一时不知道该说什么了。大家嘻嘻哈哈又扯回到少年时的那些话题,我们心中的一块巨石才缓缓放下。

一如我们的认知,陶勇实在太坚定了,他的这种坚定让所有困难都变得没有那么困难,也让他周围飘荡的心慢慢聚拢在他的身边。帮他写下这本书,其实就是希望能把他这种魅力放大,让更多的人感受到这种坚定,从而在迷茫、脆弱时感受到一点力量。

你是暗夜里的光

上天从来不吝于雪上加霜,
也鲜少对深陷苦难的人,
表现出过多的怜悯。
可是,
没有苦难,便没有诗歌。
我尊重那些即使明知自己身患重疾,
也仍然怀揣梦想、不断奋斗进取的人;
我尊重那些虽然家境贫寒,甚至一贫如洗,
却仍然坚持劳动、不放弃治疗的人;
我尊重那些被孤立、被误解、被伤害,
遍体鳞伤但仍心无恨意、笑对人生的人;
我也尊重那些用幽默填充身体的残缺,
用热情点燃生命之火的人。

哲学家小径位于海德堡内卡河以北，圣山南坡的半山腰上，也被称作哲人之路。

哲学家小径与海德堡城堡隔河相望，于哲学家小径上可俯瞰内卡河对岸的海德堡老城风光。

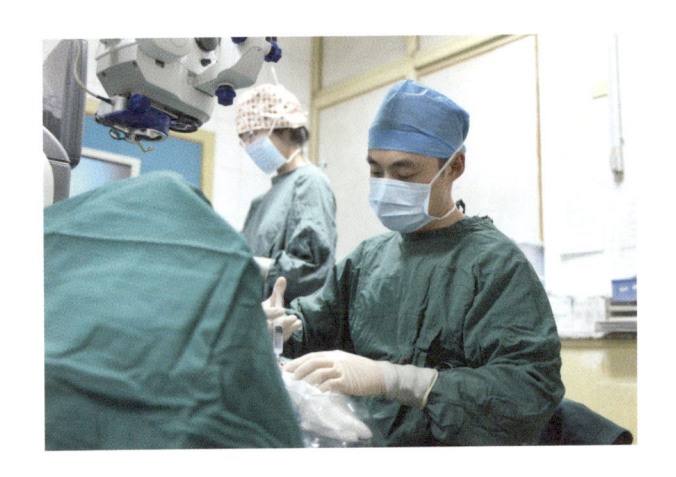

手术前
陶勇为患者注射麻醉药

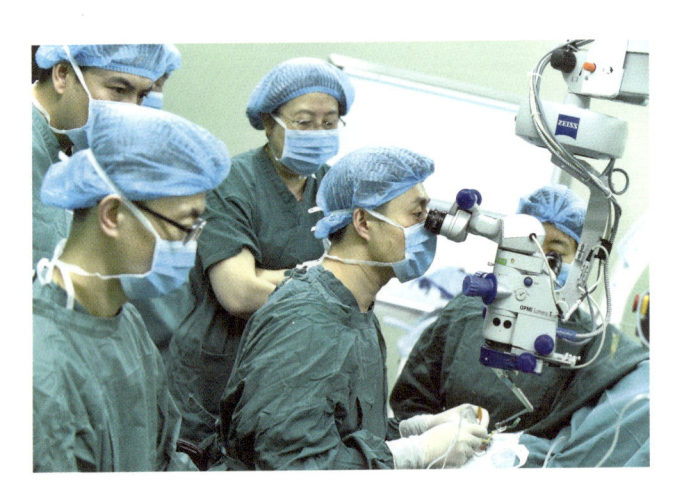

陶勇于西藏拉萨进行手术义诊

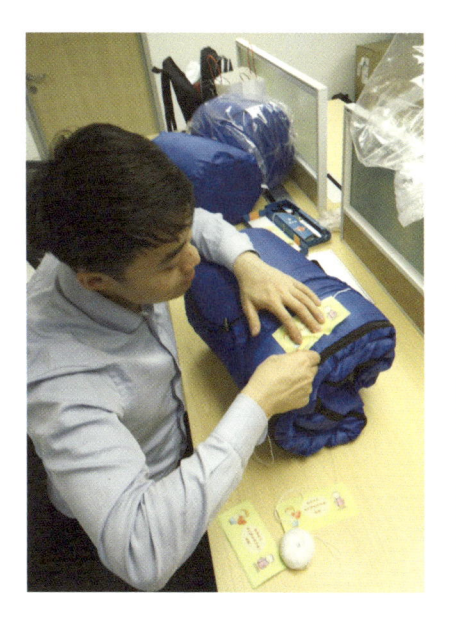

陶勇为北京地下通道的流浪汉准备被子　　薇薇送给陶勇的彩色橡皮泥

陶勇与李润的合影